Enid Blyton

Fünf Freunde 3

Foto: © cbj, München

DIE AUTORIN

Enid Blyton, 1897 in London geboren, begann im Alter von 14 Jahren Gedichte zu schreiben. Bis zu ihrem Tod im Jahre 1968 verfasste sie über 700 Bücher und mehr als 10 000 Kurzgeschichten. Bis heute gehört Enid Blyton zu den meistgelesenen Kinderbuchautoren der Welt. Ihre Bücher wurden in über 40 Sprachen übersetzt.

Von Enid Blyton ist bei cbj erschienen:

»Fünf Freunde« (70 Bände)
»Fünf Freunde –
Das Buch zum Film« (22533)
»Fünf Freunde 2 –
Das Buch zum Film« (15679)
»Fünf Freunde 4 –
Das Buch zum Film« (17121)

Enid Blyton

FÜNF FREUNDE 3

Nach einem Drehbuch
von Sebastian Wehlings und Peer Klehmet
basierend auf der gleichnamigen Buchreihe
von Enid Blyton

Geschrieben von Sarah Bosse

cbj

cbj

Kinder- und Jugendbuchverlag
in der Verlagsgruppe Random House

MIX
Papier aus verantwortungsvollen Quellen
FSC® C014496
FSC www.fsc.org

Verlagsgruppe Random House FSC® N001967
Das für dieses Buch verwendete FSC®-zertifizierte
Papier *Pamo House* liefert Arctic Paper
Mochenwangen GmbH.

1. Auflage
Erstmals als cbj Taschenbuch November 2015

Basierend auf dem Drehbuch von Sebastian Wehlings und Peer Klehmet
nach der gleichnamigen Buchreihe von Enid Blyton.
Geschrieben von Sarah Bosse.
Fotos (Bernd Spauke) & Artwork mit freundlicher Genehmigung von
Constantin Film Verleih GmbH/SamFilm/Alias Entertainment
Umschlaggestaltung: basic-book-design, Karl Müller-Bussdorf
SaS · Herstellung: ReD
Satz und Reproduktion: Uhl + Massopust, Aalen
Druck: GGP Media GmbH, Pößneck
ISBN 978-3-570-22572-1
Printed in Germany

www.fuenf-freunde.com
www.cbj-verlag.de

Kapitel 1

Endlich tauchte die Insel auf! Immer nur Wasser, Wasser und noch mehr Wasser war unter den Bullaugen des Flugzeugs zu sehen gewesen, so weit das Augen reichte: der blaue Ozean, der so manches Geheimnis barg. Doch nun, nach stundenlangem Flug, war das Ziel in Sicht.

»Ist sie das, Papa?« George drückte die Nase an der Scheibe platt, während ihr Vater über ihre Schulter spähte. Er hatte seiner Tochter den Fensterplatz überlassen. »Ja, Georgina, das ist Tao Lapai.«

Was für ein Paradies, dachte George. Sie erkannte kleine Dörfer, Palmenstrände, dichte Wälder mit riesigen Bäumen, umgeben von türkisfarbenem, geheimnisvoll glitzerndem Wasser!

Eine Bemerkung darüber, dass ihr Vater sie nicht George genannt hatte, schluckte sie hinunter. George war einfach nur froh, dass sie bald wieder festen Boden unter den Füßen hatte, wenn auch der Landeanflug und die Landung ihren Magen noch einmal auf eine harte Probe stellten.

Ihren Cousins und ihrer Cousine, die in der Reihe hinter ihnen saßen, ging es nicht anders. Julian, Dick und Anne, alle drei waren mächtig blass um die Nase, als das Flugzeug endlich auf der Landebahn aufsetzte. Besonders Anne hatte unangenehmen Druck auf den Ohren, den sie durch Gähnen auszugleichen versuchte, was ihr aber nicht gelingen wollte.

Wie befreit rannten sie kurze Zeit später über die Gangway hinab zum Terminal, sodass Onkel Quentin kaum nachkam.

Übermütig breitete Dick die Arme aus. »Willkommen auf der Insel der Abenteuer!«

George schubste ihn lachend an. »Hört sich vielversprechend an.«

Doch Anne stemmte die Hände in die Seiten und schüttelte verständnislos den Kopf. »Nichts da. Diesmal wird einfach nur Urlaub gemacht!«

Julian, Dick und George warfen sich vielsagende Blicke zu, was Anne natürlich nicht entging. »Macht euch bloß nicht über mich lustig!«, schimpfte sie.

Auf der Insel Tao Lapai gab es nur einen kleinen Flughafen mit einem einzigen Check-in-Schalter, einem Gepäckband und einer Zoll-Kontroll-Stelle. Aber es gab offenbar enorm viele Menschen. Und sie alle schienen sich hier am Flughafen zu befinden! Ein wüstes Geschiebe und Gedränge herrschte hier. Hoteliers waren auf der Suche nach Kundschaft und verkündeten lauthals ihre Angebote, Taxifahrer suchten nach Gästen und Kofferträger boten ihre Dienste an.

Anne hielt sich dicht an Onkel Quentins Seite, während laute Stimmen, die in einer sehr fremden Sprache wild durcheinanderriefen, die schwüle Luft um sie herum zum Vibrieren brachten.

Onkel Quentin lotste die Kinder zum Zollschalter, wo ein schlanker Mann mit Stirnglatze und grünem Uniformhemd nach einem kurzen Blick in ihre Ausweise mit einem freundlichen Lächeln Stempel in ihre Pässe drückte und sie dann durchwinkte.

Wohin es George als Erstes zog, war klar. Timmy hatte den Flug in einer Transportkiste im Laderaum verbringen müssen.

Suchend blickte George sich um. »Hoffentlich hat Timmy den Flug gut überstanden.«

George war besorgt. Sie hatte schon oft davon gehört, dass Gepäckstücke verloren gingen, was war, wenn … Aber da war schon ein lautes Bellen zu hören!

In der Nähe des Gepäckbandes war ein Flughafen-Mitarbeiter gerade dabei, eine große Pet-Box von einem Rollwagen zu hieven.

»Da! Timmy!«, rief George erleichtert und rannte hinüber, dicht gefolgt von Julian, Dick und Anne.

Kaum hatte George die Gitter-Klappe geöffnet, kam Timmy herausgetorkelt.

Acht Hände schnellten nach vorn, um den Hund ausgiebig zu kraulen, aber der ließ sich erst einmal auf den Boden sinken und drehte sich auf den Rücken.

»Aber … was ist mit ihm?«, fragte Anne besorgt und ging neben dem Hund in die Hocke. »Ich glaube, ihm ist auch übel.«

Dick grinste. »Deshalb sagt man ja auch ›hundeübel‹.«

Aber da sprang Timmy schon auf. Alles war gut.

In diesem Moment wurde das allgemeine Gemurmel von einer lauten Stimme übertönt. »Wenn das nicht mein alter Studienkollege Quentin ist!«

Onkel Quentin fuhr herum und sah sich einem drahtigen Asiaten gegenüber, der mit ausgebreiteten Armen auf ihn zugeeilt kam. Der Mann sprach mit einem lustigen Akzent.

Das also musste Cha Li sein, der Mann, der Onkel Quentin eingeladen hatte, nach Tao Lapai zu kommen, um an seinem Forschungsprojekt mitzuarbeiten. Der Mann, der so großzügig war, George, Julian, Dick und Anne mit auf diese paradiesische Insel einzuladen. Und Timmy.

»Cha Li!«, rief Onkel Quentin und erwiderte die Umarmung. Dann packte er Cha Li bei den Schultern und hielt ihn eine Armlänge von sich weg, um ihn zu betrachten. »Wie lange ist das her? Zwölf Jahre?«

Cha Li nickte und lächelte. Die Wiedersehensfreude war ehrlich und offensichtlich.

Sie staunten nicht schlecht, als Cha Li sie alle mit

Namen begrüßte, und zwar mit den richtigen. Sogar George nannte er George und nicht Georgina! »Ich hoffe, ihr hattet einen guten Flug?«

Dann legte er George die Hand auf die Schulter und grinste breit. »Als ich dich das letzte Mal gesehen habe, hast du noch in die Windeln gemacht. Und wie! Pupsi haben wir dich genannt.«

Pupsi! George spürte, wie sie rot wurde. Wie peinlich war das denn jetzt, bitte schön!

Und sogleich schlug Julian in die Kerbe. »Pupsi?«, säuselte er.

George konterte mit einem gezielten Faustschlag auf seinen Oberarm.

Theatralisch fasste sich Julian an den Arm und jammerte.

Doch die beiden Erwachsenen beachteten das Herumgealber der Kinder gar nicht.

Cha Li lächelte Onkel Quentin an. »Es freut mich so, dass du meine Einladung angenommen hast.«

Onkel Quentin setzte eine bescheidene Miene auf. »Wenn mein alter Freund mich braucht…«

Plötzlich wandte Cha Li sich an die Kinder. Ganz Gentleman fragte er: »Kann ich euch was abnehmen?«

Julian setzte ein schelmisches Grinsen auf. »Äh, ich glaube, Anne könnte Hilfe gebrauchen.«

Anne war ein wenig verlegen, als ihr Onkel Quentins Freund den Koffer aus der Hand nahm, aber Cha Li sagte: »Ist schon gut, ich nehme ihn gern.«

Doch dann trat sie einen Schritt beiseite und gab den Blick frei auf… drei weitere rosa Koffer, die wie ein Turm auf einen Gepäckwagen gestapelt waren.

Entschuldigend zuckte sie die Schultern. »Ich kann mich einfach nie entscheiden, was ich mitnehmen soll…«

»Oh!«, machte Cha Li. Doch dann schüttelte er lachend den Kopf. »Schon gut, kleine Lady, mein Auto hat einen Dachgepäckträger.«

Bald darauf saßen alle zusammen in dem alten Jeep von Cha Li. Dieser chauffierte sie sicher über eine traumhafte Küstenstraße, die einen atemberaubenden Blick auf die schroffen Klippen und das türkisfarbene Meer bot. Auf dem Dachgepäckträger stapelten sich die Koffer, denn die Ladefläche wurde von George und Timmy in Beschlag genommen, während Julian, Dick und Anne auf dem Rücksitz Platz gefunden hatten.

Cha Li suchte im Rückspiegel den Blick der Kinder. »Hat hier die Tage einen mächtigen Sturm gegeben. Hurrikan der Stufe drei.«

»Stufe drei?«, fragte George, die keine Ahnung hatte, wie sie diese Information einschätzen sollte. War das viel?

Aber »Professor Dick« mit seinem schier unerschöpflichen Allgemeinwissen war natürlich sofort mit einer Erklärung zur Stelle. »Nach der Saffir-Simpson-Hurrikan-Skala. Wurde Anfang der Siebzigerjahre eingeführt. Stufe drei ist schon ordentlich.«

Cha Li war überrascht. Er hatte ja schon einiges über die Kinder gehört, aber dieses Wissen von Dick beeindruckte ihn ehrlich. »Äh, ja, stimmt. Hat die Insel ordentlich durchgeschüttelt, sag ich euch. Habt ihr leider verpasst.«

Anne verdrehte die Augen. »Ja, wirklich schade«, stöhnte sie gespielt enttäuscht.

Aus dem Augenwinkel schielte sie zufrieden zu Dick hinüber. Er hatte sich bei dieser schwülen Wärme tatsächlich entschlossen, seine Denker-Mütze vom Kopf zu nehmen! Die Luftfeuchtigkeit war schon enorm.

Zum Glück wehte ein angenehm kühlender Wind durch die heruntergekurbelten Scheiben, denn eine Klimaanlage hatte so ein Auto natürlich nicht.

Schließlich bog Cha Li in eine Toreinfahrt ein, die zu ihrem Hotel führte, das halb hinter üppigen Palmen verborgen lag.

Vor dem stattlichen Säulen-Eingang war ein seltsames Gefährt geparkt, ein klappriges Ding mit drei Rädern. Dick wusste zu berichten, dass man diese Fahrzeuge Tuk-Tuk nannte und dass sie mit einem stinkenden Zweitakter-Motor ausgestattet waren.

Die Freunde beobachteten ein Mädchen, das etwa in ihrem Alter war, wie es Kisten gefüllt mit prallem buntem Obst von der Ladefläche des Tuk-Tuk wuchtete.

Doch augenblicklich wurde sie dabei von einem Mann im weißen Anzug unterbrochen, der laut schimpfend auf sie zustürmte. Durch das Motorengeräusch konnten sie nicht verstehen, was der Mann zu meckern hatte, aber er machte mit seinen Armen Bewegungen, als wollte er eine Schar Hühner vor der Straße scheuchen.

Das Mädchen ließ daraufhin die Kisten zurück auf die Ladefläche krachen, setzte sich ans Steuer und fuhr mit dem laut knatternden Tuk-Tuk davon. Eine dunkle Absagwolke stob aus dem Auspuff und umhüllte den Mann im weißen Anzug.

Dieser wedelte hustend mit der Hand vor dem Gesicht und drehte sich dann abrupt um, als er Cha Li und seine Gäste bemerkte.

Im Bruchteil einer Sekunde wandelte sich sein wütender Gesichtsausdruck zu einem breiten Lächeln, das all seine strahlend weißen Zähne präsentierte.

Schleimer, dachte George spontan.

Und als er dann mit ausgebreiteten Armen auf sie zukam, fragte sie sich, wie viele Zähne er wohl im Mund haben mochte, denn das Grinsen wurde noch breiter. »Herzlich willkommen! Einen wunderschönen Tag wünsche ich. Entschuldigen Sie bitte diese kleine Unannehmlichkeit …« Er nickte in die Richtung des Tuk-Tuk, das nun ein Stück weiter parkte.

Ich glaub, mir wird schlecht, dachte George. Sie hasste es, wenn Menschen sich so anbiederten.

Ihr war nicht entgangen, dass auch Julian, Dick und Anne das Mädchen beobachteten, das nun wieder begonnen hatte, die schweren Kisten abzuladen. Am liebsten wären sie hingeeilt, um ihr zu helfen.

Doch als sie sahen, wie das Mädchen heimlich ein kleines Blasrohr aus einer der Kisten nahm und dem Anzug-Mann damit unbemerkt ein winziges Steinchen an den Hals schoss, grinsten sie zufrieden. Recht so!

Die Erwachsenen ließen sich dennoch nicht ablenken. Sie waren vollauf mit ihrem Begrüßungsgeplänkel beschäftigt.

Cha Li stellte den Mann mit dem weißen Anzug als Besitzer des Resorts vor. »Darf ich vorstellen: Mr Haynes. Als Freund der Wissenschaften stellt er uns hier netterweise seine Räumlichkeiten zur Verfügung.«

George musste schlucken. An diesem Typen störte sie mächtig was. Eigentlich wollte sie von dem nichts geschenkt haben.

»Eine Selbstverständlichkeit«, versicherte Mr Haynes und wirkte dabei übertrieben bescheiden. »Wenn ich es richtig verstehe, arbeiten Sie an einer revolutionären Methode, Treibhausgase unschädlich zu machen.«

Dick wurde hellhörig. Das war ihm so noch gar nicht bewusst gewesen! Das klang ja höchst interessant!

Cha Li wiegelte jedoch ab. »Noch ist es leider nicht so weit. Wir wollen die gefährlichen Klimakiller in eine harmlose Flüssigkeit verwandeln.«

»Aber jetzt ist ja der berühmte Quentin Kirrin hier«, sagte Mr Hayes salbungsvoll und ergriff Onkel Quentins Hand mit beiden Händen. »Ich freue mich. Gemeinsam schaffen Sie das bestimmt.«

Onkel Quentin lächelte bescheiden. »Hoffen wir mal.«

Mr Haynes hob zwei Schlüsselbunde in die Höhe und klimperte damit. »Ich habe für Sie und Ihre Kinder unsere beiden schönsten Bungalows vorbereiten lassen.«

Onkel Quentin bedankte sich höflich. »Das ist wirklich nett. Nicht wahr, Kind…«

Doch als Georges Vater sind umdrehte, waren die Freunde bereits verschwunden. Was interessierte sie das Gerede der Erwachsenen? Hier wartete ein fremdes Land auf sie, das aussah wie das Paradies und von ihnen erkundet und erobert werden wollte! Und als Erstes lockte diese wunderbare Bucht mit ihrem türkisfarbenen Wasser.

Cha Li lachte verständnisvoll und legte seinem Freund die Hand auf die Schulter. »Ach, lass doch den Kindern ihren Spaß. Dafür sind sie hier! Komm, ich zeig dir unser Labor.«

Onkel Quentin seufzte nachsichtig und sah zu, wie ein Hotelangestellter ihre Koffer auf einen Rollwagen packte, um sie zu den Bungalows zu bringen, nachdem Mr Haynes ihm dazu die Anweisung gegeben hatte.

Hier lief ja alles wie am Schnürchen.

Onkel Quentin folgte seinem Freund Cha Li durch den Rezeptionsbereich. Die Kinder würden schon klarkommen. Da war er sich sicher.

»Boa, ist das genial!« George stand knietief im Wasser und schaufelte es mit vollen Händen in die Luft, um die anderen nasszuspritzen. Das kalte Wasser in der Felsenbucht war schon toll und sie liebte es sehr. Aber das hier übertraf alles!

Auch die anderen tobten ausgelassen. Diese paradiesische Bucht war der Wahnsinn. So etwas hatten sie noch nie gesehen, das Wasser war richtig warm!

»Wow, das ist ja irre!«, rief Dick und ließ sich rücklings ins Wasser fallen.

Julian holte tief Luft und tauchte unter.

Nach einer Weile blickte Anne sich verwirrt um. »Julian? Julian?«

Stille.

Plötzlich wurde sie von hinten gepackt und in die Luft geworfen.

Julian lachte sich schlapp, als Anne mit einem lauten Platschen und Kreischen im Wasser landete.

Timmy stand am Ufer und bellte. Er war leicht überfordert. Diese neue Umgebung. Diese neuen Gerüche. Und die tobenden Kinder. Wie sollte er das alles unter Kontrolle halten, wie sich das für einen guten Hund gehörte? Und das nach so einem anstrengenden Flug!

Dann endlich konnte er entspannen, als Julian, Dick, George und Anne vom Planschen genug hatten und sich Plätze auf den Strandliegen suchten, um sich von der Sonne trocknen zu lassen.

Hechelnd setzte sich Timmy zwischen Anne und George.

»Beim nächsten Mal musst du mit reinkommen, Timmy.

Das Wasser ist warm wie in einer Badewanne«, sagte Anne und lehnte sich mit geschlossenen Augen zurück.

Timmy winselte. Anne hatte gut reden. Für ihn war das alles zu viel.

Plötzlich legte sich ein Schatten über Anne.

Erschrocken fuhr sie hoch und wunderte sich. Vor ihr stand ein Mann und der hatte tatsächlich einen weißen Kakadu auf der Schulter.

Auch George und die Jungen hatten sich aufgesetzt.

»Hi, Kids«, sagte der Mann übertrieben lässig und machte eine Armbewegung wie ein Magier, der gerade ein Kaninchen herbeigezaubert hatte. Der Mann hatte eine seltsame Vokuhilafrisur und einen ungepflegten Bart. »Willkommen im Paradies!«

Die Freunde hielten sich die Hände wie einen Schirm über die Augen und starrten ihn an.

»Guckt mal blöd!«, krächzte auf einmal der Kakadu und stellte sein gelbes Häubchen auf. Die Freunde waren so überrascht, dass sie ihn tatsächlich anglotzten, als sei er ein Marsmännchen. Die Reaktion des Kakadus kam prompt: »Danke, reicht schon.«

»Hugo, jetzt lass das!«, schimpfte der Mann.

»Aye, aye, Sir«, antwortete der Kakadu, der also Hugo hieß, reckte sich in Richtung Timmy und krächzte: »Flohzirkus! Flohzirkus!«

Jetzt reichte es aber. Timmy sprang auf und knurrte böse. Dieses aufgeplusterte Federvieh würde sich noch umsehen!

George legte ihm beruhigend die Hand auf den Rücken. Sie fand das kleine Possenspiel des Kakadus ganz lustig. »Timmy, schon gut. Beruhige dich.«

Dann holte der Mann tief Luft und sagte mit einer weiteren ausholenden Armbewegung seinen Spruch auf: »Ob zu Land, Luft, auf oder unter Wasser, bei Hugo, Nick und seiner Lady Cassi gibt's alles, es geht nicht krasser.« Wobei er zunächst auf den Kakadu und sich deutete und dann die Aufmerksamkeit der Kinder auf eine Strandbar lenkte, wo eine knapp bekleidetet Frau in Jeans-Hotpants und Stöckelschuhen gerade einen Sonnenschirm aufspannte, dabei aber die Szene scharf beobachtete.

Na, das hat er ja wunderbar heruntergeleiert, dachte Anne leicht genervt und lehnte sich zurück. Jetzt kann er auch wieder gehen.

Aber Nick dachte nicht daran. Er stellte sich jetzt lässig hin. »Ihr seht mir nicht danach aus, als ob ihr hier einfach nur chillen wollt.«

Dick wurde neugierig und setzte sich auf die Kante der Liege, sodass er dem jungen Mann besser ins Gesicht gucken konnte. Diese Feststellung traf dieser Nick sicher nicht ohne Grund. »Sehen wir nicht?«

Jetzt schlug Nick einen eifrigen Ton an, und mit seinen Worten bewegte sich sein rechter Arm so wild gestikulierend auf und ab, dass Dick schon Sorge hatte, der Kakadu könnte ihm von der Schulter rutschen. »Ihr wollt Action. Ihr wollt mit einem unserer Boote um die Insel heizen, oder?«

Nick zwinkerte Dick zu.

Dick biss an, doch ehe er etwas sagen konnte, antwortete Anne. »Danke! Sehr nett, aber wir sollen tatsächlich nur ›chillen‹.« Und »heizen« wollen wir schon mal gar nicht, fügte sie in Gedanken hinzu.

Nick zuckte mit den Schultern. Der Kakadu Hugo wippte auf und ab. »Ach so. Klar. Schade.«

Aber auch Hugo musste das kommentieren. »Faule Bande!«, krächzte er.

Nick hob die Hand zum Gruß. »Na, ihr wisst ja, wo ihr uns finden könnt. See you later … Vielleicht.«

Julian, Dick und George, die nun alle drei auf den Kanten ihrer Liege hockten, sahen Nick hinterher, wie er in Richtung Strandbar verschwand und dabei cool in den Knien federte. Seine Füße versanken dabei tief im hellen, feinen Sand.

»Na, wir können ja im nächsten Urlaub um die Insel heizen«, seufzte Julian.

»Ja, wenn wir mal wieder hier sind«, sagte George.

»Stimmt.« Dick tat so, als rechne er. »2047 oder so.«

Anne spürte die Blicke der anderen auf ihrer Haut. Jetzt endlich öffnete sie wieder die Augen und richtete sich auf. Dann seufzte sie laut.

Der Urlaub fing ja gut an.

Kapitel 2

Zögernd schob Julian das Geld für die Bootsmiete über die Theke.

»Rüber mit den Ratten!«, krächzte Hugo. Er tippelte auf einem Balken über der Bar hin und her.

»Das heißt Mäuse!«, herrschte Cassi, Nicks Freundin, den Kakadu an.

»Das ist ja nicht gerade billig«, stellte George fest. Sie überschlug schon in Gedanken, wie lange ihr Urlaubsgeld wohl reichen würde.

»Vielleicht können wir ja einen Sonderpreis…«, setzte Nick an, wurde aber von seiner Freundin mit einem unsanften Fußtritt am Weiterreden gehindert.

Sie setzte ein süßliches Lächeln auf und wandte sich an Julian. »Das ist unser neuestes und größtes Boot. Da sind sogar Taucherausrüstungen an Bord.«

Cassi grapschte nach den Geldscheinen, und mit zusammengebissenen Zähnen beobachtete George, wie diese augenblicklich in Cassis Ausschnitt verschwanden. Sie wollten diese Tour ja schließlich machen.

Cassi nickte zum Ufersaum, wo ein Schlauchboot auf dem Sand lag.

»Also, kommt!« Julian winkte die anderen mit sich.

Im Weggehen bekamen sie noch mit, wie Cassi Nick gängelte, weil er die Jet-Ski noch nicht repariert hatte. »Mir geht diese Insel auf den Keks«, hörten sie Cassi noch sagen, worauf Nick in seiner coolen, lässigen Art erwiderte: »Come on, Baby. Wir leben da, wo andere Urlaub machen!«

»Ich will aber dort leben, wo andere … leben«, zischte Cassi.

Ein Schrei ließ die Freunde herumfahren, als sie schon ein gutes Stück entfernt waren. Auf der Theke klebte ein dicker Klecks Vogelkot.

»Oh, die arme Cassi hat es aber auch wirklich schwer«, frotzelte George mit gespieltem Mitleid.

Julian und Dick waren bereits vorgerannt. Als George ankam, waren sie schon in das Boot gestiegen.

Julian legte die Stirn in Falten. »Also, so wirklich neu sieht das aber nicht aus.«

Auch George guckte skeptisch aus der Wäsche. »Ob uns das tatsächlich alle trägt?«

»Puh!« Inzwischen war auch Anne da. Sie hatte es absolut nicht eilig gehabt. Anne stemmte die Fäuste in die Seiten und sagte: »Ach, wisst ihr was, dann bleiben Timmy und ich einfach hier.«

Dick war hin- und hergerissen. Einerseits war das sicher besser, wenn sie nur zu dritt mit diesem Boot fuhren, andererseits wollte er auch nicht, dass seine kleine Schwester zurücksteckte. Aber Anne schien es tatsächlich nichts auszumachen. Im Gegenteil, er hatte das Gefühl, dass sie froh darüber war, nicht mitfahren zu müssen.

»Ja, macht ihr mal! Es ist echt okay«, versicherte sie. »Wir entspannen uns und kümmern uns um die perfekte Bräune, oder?«

Timmy bellte. Was die nur heute alle von ihm wollten! Brav trottete er mit Anne zurück zur Sonnenliege. Anne zu bewachen war eine leichte Übung.

Doch Dick wurde schnell vom schlechten Gewissen gepackt, denn schon nach kurzer Fahrt erreichten sie eine Bucht wie aus dem Bilderbuch, traumhaft und einsam.

»Das Paradies!«, rief Dick begeistert. »Seht euch das an. Das ist doch der Wahnsinn, oder? Schade, dass Anne das jetzt nicht sehen kann.«

»Wir fahren mit ihr noch mal her«, versprach Julian, doch George dachte mit Sorge an ihr Urlaubsbudget.

Einen Moment ließen sie das Bild auf sich wirken, während das Boot langsam vor sich hin tuckerte.

Doch plötzlich machte der Motor ein so seltsames Geräusch, dass Julian, Dick und George trotz der Hitze eine Gänsehaut kriegten. Sie hielten sich die Hände auf die Ohren.

Erst stotterte der Motor, dann starb er ganz.

»Mist, was ist da los?« George nahm die Hände wieder runter.

Julian beugte sich über den Rand des Bootes. »Ich glaube, da hat sich was in der Schiffsschraube verfangen.«

George, die im Bug des Schlauchbootes saß, schnappte sich eine der Taucherbrillen, zog sie sich über das Gesicht und tauchte den Kopf ins Wasser.

Tatsächlich! »En Shl hat s-ch n dr Schffsschrbe vrfng«, hörte Julian und Dick ihre sprudelnde Stimme.

»Was hat sie gesagt?«, fragte Dick.

»Ich glaube, es soll heißen, dass sich ein Seil in der Schiffsschraube verfangen hat.«

George beugte sich tiefer ins Wasser und machte sich daran, das Seil aus der Schraube zu entwirren. Julian zog vorsichtshalber den Zündkerzenstecker. Man hatte ja schon von üblen Verletzungen gehört, die Schiffsschrauben verursacht hatten.

George musste mehrmals an die Wasseroberfläche, um Luft zu holen. Das Seil hatte sich ordentlich verknotet!

Und als sie zum dritten Mal abtauchte und endlich das Seil freibekam, fiel ihr Blick plötzlich auf den Meeresgrund, und was sie da entdeckte, ließ sie gleich wieder auftauchen.

Eilig zog sie sich die Taucherbrille vom Gesicht. »Leute, da unten ist etwas, das sieht aus wie ein Wrack!«

Dick sprang auf die Seite, dass das Boot mächtig ins Schwanken geriet. »Was?«

»Ja, da unten liegt ein Wrack!«, wiederholte George. Wie ein nasser Hund schüttelte sie sich das Wasser aus den Haaren.

»Ist das wohl in diesem Hurrikan untergegangen, von dem Cha Li sprach?«, fragte Julian.

Aber George schüttelte den Kopf. »Glaub ich nicht. Das sieht uralt aus.«

»Vielleicht hat es dieser Sturm aber näher an Land gespült«, mutmaßte Dick. »So was gibt's.«

»Auf jeden Fall müssen wir da runter!«, rief George außer Atem.

Julian stutzte. »Bist du denn schon mal getaucht?«

George starrte verständnislos zurück. »Na klar, was denkst du denn? Und so tief liegt das Ding ja nicht.«

George griff nach einem Taucheranzug. »Was soll schon passieren? Ups, hier sind ja nur zwei Anzüge. Einer von uns muss wohl oben bleiben.«

»Also ich auf keinen Fall!«, entschied Dick.

Aber damit wollte Julian sich nicht einfach so zufriedengeben. »Schnick-Schnack-Schnuck?«, schlug er vor.

Darauf ließ sich Dick gerne ein. »Ha, darin bin ich praktisch der inoffizielle Weltmeister. Schmeiß den Anzug schon mal rüber.«

»Schnick, Schnack, Schnuck!«, rief Julian …

Kurz darauf saßen Julian und George fertig für den Tauchgang auf dem Rand des Schlauchbootes, und Dick konnte es einfach nicht fassen, dass er das Spiel verloren hatte. Seine rechte Hand machte weiter die Bewegung, als müsste er sich noch einmal vergegenwärtigen, was da eben passiert war.

»Sorry, Dick!«, rief George.

»Sieh es mal so«, sagte Julian, während er sich die Taucherbrille zurechtrückte. »Du bist jetzt verantwortlich für die Sicherheit. Das ist auch total wichtig.«

»Ja, ja, ist klar«, seufzte Dick, dem in diesem Augenblick nicht bewusst war, wie wichtig das tatsächlich war.

Er konnte schließlich nicht wissen, dass die Bucht, in der sie sich befanden, nicht von ungefähr den Namen *Black-Shark-Bucht* trug.

Und dann waren Julian und George auch schon mit einem lauten Platschen im Wasser verschwunden.

Neidisch blickte Dick ihnen hinterher, wie sie immer weiter in die Tiefe hinabsanken. Luftblasen blubberten an die Wasseroberfläche.

»Kommt mir ja nicht mit leeren Händen zurück!«, rief er ihnen nach, wohl wissend, dass sie ihn ohnehin nicht mehr hören konnten.

Dann ließ er sich auf die Sitzbank in der Mitte des Bootes nieder und stützte das Kinn auf die Hände. Er war enttäuscht und neidisch.

Er wusste jetzt schon, dass es mega-langweilig werden würde. Langsam ließ er den Blick über die Bucht schweifen, beobachtete das Ufer, schaute über die Wasseroberfläche, die jetzt wie ein türkisglänzender Spiegel dalag. Die See war vollkommen ruhig.

Also fing Dick an, aus lauter Langeweile mit den Fingern einen Rhythmus zu trommeln und eine schräge Melodie dazu zu pfeifen. Hätte ich doch wenigstens ein Fernglas, dachte er genervt.

Er wagte einen Blick über die Seitenwand, aber von George und Julian war natürlich noch lange nichts zu sehen.

Plötzlich hörte er ein leises Plätschern hinter seinem Rücken. Froh über die kleine Ablenkung, fuhr er herum und warf sich auf die andere Seite des Bootes. Aber da war schon nichts mehr zu sehen.

Bestimmt nur ein Fisch, der zum Atmen an die Wasseroberfläche gekommen ist, dachte Dick. Oder vielleicht hat er nach einem Insekt geschnappt, einer Mücke vielleicht, die so leicht war, dass sie auf der Oberfläche des Wassers laufen konnte.

Gelangweilt ließ er sich wieder auf die Bank sinken und betrachtete seine Oberarme. Zum Spaß spannte er den Bizeps an.

»Ganz schön fit, der kleine Dick!«, sagte er zu sich selbst und dachte: Na ja, das reimt sich auch nur bedingt.

Ja, er war wirklich enttäuscht und neidisch.

Und das war er zu Recht. Was George und Julian unten auf dem Grund der Bucht entdeckten, war einfach nur faszinierend. Krusten von Korallen und Muscheln überdeckten das vermoderte Wrack und verliehen ihm ein bizarres Aussehen. Wie ein Urzeitmonster hockte es da, das darauf wartete, dass man sein Geheimnis lüftete.

George schwamm auf das Deck zu, um es genauer unter die Lupe zu nehmen, während Julian um das alte Schiff herumschwamm. Eine alte verwitterte Schrift verriet, dass es *Blue Sea* geheißen hatte. Aber Julian entdeckte noch mehr. Unter dem Namen war ein Totenkopf mit gekreuzten Knochen auf die Planken gemalt!

Doch da winkte George auch schon aufgeregt. Sie hatte eine Öffnung entdeckt, durch die man in das Innere des Wracks gelangte.

George und Julian fühlten sich in eine längst vergangene Zeit versetzt, als sie sich einem antiken Schreibtisch gegenübersahen sowie ein paar alten Stühlen und einer Kommode, die über und über mit Muscheln bedeckt war. Selbst eine Lampe baumelte da!

Auch wenn Korallen und Schlamm die Möbel längst in Besitz genommen hatten, so mussten Julian und George doch staunen, wie gut sie noch erhalten waren, obwohl sie doch schon lange Zeit hier im Wasser gelegen haben mussten.

Die zwei waren sich sicher: Hier gab es bestimmt noch viel mehr coole Sachen zu entdecken!

George versuchte vergeblich, die Schubladen der Kommode aufzuziehen. Das Holz war aufgequollen, da gab es keine Chance. Aber was war mit dem Schrank da? Das Salzwasser hatte heftig an seiner Oberfläche gefressen, aber dennoch war es einen Versuch wert.

George schwamm hinüber und streckte die Hand nach dem Türgriff aus. Wie zu erwarten war, bewegte sich die Tür keinen Millimeter. Erst als Julian herbeikam und mit anfasste, schafften sie es. Eine Wolke von Schlamm und Schlick wurde aufgewühlt und umhüllte das alte Möbelstück.

Und als das Wasser wieder aufklarte, sahen sich Julian und George einem Skelett gegenüber!

Was zum Kuckuck…, dachte Julian und hätte am liebsten sofort Reißaus genommen, doch er wollte George nicht allein zurücklassen. Bei ihr siegte mal wieder die Neugier. Denn interessanterweise fehlte diesem Skelett ein Arm und an der Stelle steckte ein Enterhaken. Und damit nicht genug. An dem Enterhaken hing eine Kette, an deren Ende ein faustgroßer, runder Gegenstand befestigt war. George vermutete, dass er aus Messing war, aber auch dieser Gegenstand – es schien irgendeine Art Behälter zu sein – war mit Algen bewachsen.

George griff nach der Kette. Den Schrecken, den das Skelett ihr eingejagt hatte, hatte sie längst überwunden. Sie versuchte, die Algen von dem Messingbehälter abzuwischen und ihn von der Kette zu lösen. Aber das Teil hing bombenfest.

Plötzlich war es Julian, als ließe so etwas wie eine Druckwelle das Wasser vibrieren. War das etwa Dick?

Julian drehte sich zu dem großen Leck in der Schiffswand um und wurde im selben Augenblick von großer Panik erfasst.

Was Julian da sah, war nichts Geringeres als ein riesiger Hai, der in aller Ruhe durchs Wasser zirkelte!

Julian reagierte unmittelbar. Hastig schwamm er zu George und zog an ihrem Arm.

Er gestikulierte wild, um ihr klarzumachen, dass sie abhauen mussten, und zwar sofort! Sie waren in größter Gefahr!

Doch George hatte nichts Besseres zu tun, als weiter an dieser Messingdose herumzufummeln, die einfach nicht von der Kette abgehen wollte.

Erst als sie Julians angsterfülltes Gesicht bemerkte, wurde ihr klar, dass etwas nicht stimmte. Ein Blick durch das Leck verriet ihr auch, was das war!

Mit einem letzten beherzten Ruck riss sie das Messingteil los und wurde auch schon von Julian aus dem Schiff gezerrt.

Jetzt nur schnell nach oben!

Nur nicht umgucken! Das hätte Zeit gekostet. Der dunkle Hai war nur wenige Meter hinter ihnen!

Voller Panik schwammen Julian und George, so schnell sie konnten. Das schnelle Aufsteigen verursachte einen unangenehmen Druck auf den Ohren, aber das war jetzt vollkommen egal.

Da streckte ihnen Dick schon helfend die Arme entgegen.

»Schnell ins Boot!«, rief er, als sie die Köpfe aus dem Wasser reckten. »Macht schon! Er ist dicht hinter euch!«

Dick packte George bei den Armen und versuchte, sie ins Boot zu ziehen. Aber die nasse Oberfläche des Schlauchbootes war glitschig wie Schmierseife und George rutscht ab.

Sie glaubte schon, jeden Moment die scharfen Zähne des Hais spüren zu müssen, aber da wurde sie von Julian von hinten hochgeschoben.

»Los! Los! Los!« Dick umfasste mit Klammergriff ihre Arme und zog mit aller Kraft, und endlich konnte sie seitlich über die Schlauchwand gleiten.

Sofort drehte sie sich um und streckte die Hände nach Julians linkem Arm. Dick packte den rechten und gemeinsam zogen sie ihn im letzten Moment ins Boot.

Der dunkle Schatten schoss haarscharf an ihm vorbei, drehte bei und entfernte sich.

Erschöpft ließen sich Julian und George rücklings ins Boot fallen und zogen sich die Taucherbrillen ab.

Heftig nach Luft schnappend, mussten sie Dicks Schimpftiraden über sich ergehen lassen. »Verdammt, ich hab schon gedacht, ihr bemerkt mich überhaupt nicht. Ich hab gebrüllt wie ein Weltmeister und hab mit den Armen im Wasser rumgewedelt. Ich hab schon Panik gehabt, das Vieh frisst mich zuerst. Mann, wenn ich schon als Sicherheitsbeauftragter an Bord bleiben soll, dann müsst ihr auch auf meine Anweisung achten. Verdammt!«

»Verdammt, ja, verdammt knapp war das«, sagte George, als sie endlich wieder zu Atem gekommen war.

Da griff Julian nach einer seiner Flossen und zog sie sich vom Fuß. »Kann man wohl sagen.«

Von der Flosse war ein Stück abgebissen!

Kapitel 3

Fassungslos starrte Anne auf die abgebissene Schwimmflosse und spürte, wie ihre Hände zitterten. »Das glaub ich jetzt einfach nicht!«

Dabei hatte ihr Strandaufenthalt so schön angefangen. Gemütlich hatte sie im Schatten an der Strandbar gesessen, in einem Magazin geblättert und sich eine Limo servieren lassen, während ihr die angenehm warme Luft über die Haut strich. Ihr blondes, langes Haar wurde von einer Spange mit einer schönen Blüte zusammengehalten. Ja, so hatte sie sich den Urlaub vorgestellt.

Nun gut, das arrogante Auftreten dieser Cassi musste man halt einfach ignorieren. Anne hatte ein bisschen Small Talk mit ihr betreiben wollen und sie auf ihre Stilettos mit den gelben Sohlen angesprochen, weil sie nämlich vermutete, dass sie von einer bestimmten Marke waren. Aber da hatte sie schon eine patzige Antwort bekommen. *Natürlich* sei das keine billige Kopie! Und dann hatte Cassi Anne auch noch »Kindchen« genannt. So was hatte Anne so gern wie Zahnschmerzen.

Dann allerdings war Timmy irgendwann unruhig geworden. Er war ein Stück Richtung Wassersaum gewandert und hatte zu winseln begonnen. »Timmy, auf dem Boot würde dir nur wieder übel werden. Außerdem ist es bestimmt total langweilig«, hatte Anne ihm erklärt.

Aber das hatte Timmy keineswegs beruhigen können, und da hatte Anne gewusst, dass etwas nicht stimmte.

Und jetzt das!

Anne zitterte immer noch. Dieser Urlaub geriet ja schon am ersten Tag zu einem Abenteuer der üblen Sorte. Nicht auszudenken, George und Julian hätten …

George legte ihr die Hand auf den Unterarm. »Anne, jetzt beruhige dich.«

»Beruhigen?« Anne dachte, sie hätte nicht richtig gehört. »Ihr wärt fast gefressen worden.« Ihre Stimme kippte vor Empörung beinahe.

»Na ja«, erwiderte Julian kleinlaut. »Also das kann man so nicht sagen …«

Dick war der Schock noch immer ins Gesicht geschrieben. »Doch, das kann man so sagen.«

Julian warf Dick einen genervten Blick zu. So deutlich hätte er Anne das nun auch nicht auf die Nase binden müssen. Er wusste doch, wie schnell sich ihre Schwester immer Sorgen machte!

Dick verstand. Das hatte er nicht bedacht. Schnell

George (Valeria Eisenbart), Anne (Neele Marie Nickel), Dick (Justus Schlingensiepen), Julian (Quirin Oettl) und Timmy genießen das Strandleben.

In der Strandbar: Cassi (Nora von Waldstätten), Nick (Michael Kessler) und Kakadu Hugo

Rettung in letzter Sekunde: George und Julian entkommen dem Schwarzen Hai!

In der Strandbar: Anne betrachtet entsetzt Julians abgebissene Schwimmflosse.

Onkel Quentin (Michael Fitz) forscht im Labor an Treibhausgasen.

Die Hanami lassen Khoom Loys in den Himmel steigen.

Die Fünf Freunde besuchen Joe (Davina Weber) zu Hause.

Dang Song (Kampanat Anurakwongsa) erzählt Joe die Geschichte von One-Arm-Tedd.

Kann Joe ihr Dorf noch rechtzeitig retten?

Auf ins Noteka: Werden die Freunde den Schatz finden?

Die Fünf Freunde fahren gemeinsam mit Joe in Richtung Dschungel.

Joe steuert die Fünf Freunde sicher durch den Höhleneingang.

Noch ahnen die Freunde nichts von ihren Verfolgern …

Dick, Joe, Anne, George, Julian und Timmy auf ihrem Weg durch den Dschungel.

George, Dick, Anne, Julian und Joe bahnen sich einen Weg durch das Dickicht.

Die Freunde beobachten ihre Verfolger.

ruderte er zurück. »Ja … aber nur fast. Ich meine, es ist ja noch mal gut gegangen. Wir sind eben doch ein eingespieltes Team.« Dick grinste breit, was ihm schwer genug fiel.

Doch Anne ließ sich nicht so schnell beschwichtigen. Sie war noch immer außer sich. »Und das alles nur wegen so einem blöden Wrack!«, schimpfte sie und rang die Hände.

Cassi, die gerade an den Tresen gelehnt in einem Französisch-Wörterbuch blätterte, horchte auf.

»Na ja, und dafür.« George präsentierte den anderen ihr Fundstück, das sie aus dem Wrack mit heraufgeholt hatten, und legte es mitten auf den Tisch.

Anne beugte sich vor und beäugte den Gegenstand. »Was soll das sein?«

Julian nahm es in die Hand und drehte es hin und her, damit sie es von allen Seiten betrachten konnten. »Vielleicht so eine Art Kompass«, mutmaßte er.

Auf der Vorderseite des Gegenstandes verliefen kreuz und quer tiefe Kratzer.

»Da, auf der Rückseite ist auch irgendwas.« Julian versuchte, die Algen fortzureiben. »Seht mal da, da steht was!« Er blinzelte. »J.M.«

Jetzt wurde es interessant.

»Zeig her!«, rief Dick und wollte Julian den Gegenstand aus der Hand reißen, doch er war zu ruppig, und Julian war überrumpelt und so passten sie beide nicht auf.

Das runde Messingteil flog im hohen Bogen in den Sand.

Die Freunde schauten hinterher. Es war vor zwei nackten Füßen liegen geblieben.

Da stand das Mädchen, das vorhin von Mr Haynes angeherrscht worden war, und hielt eine Obstkiste in der Hand. Sie trug abgeschnittene Jeans mit ausgefransten Säumen und ihre Zehennägel hatten vom Barfußlaufen dunkle Ränder. Als sie den Gegenstand bemerkte, stellte sie wie ferngesteuert die Kiste auf die Theke und hob ihn auf. Sofort fiel ihre Aufmerksamkeit auf die Initialen auf der Rückseite.

»J.M.!«, flüsterte sie aufgeregt. »John Maranak!«

Sie hob den Blick und starrte die Freunde eindringlich an. »Wo habt ihr das her?«

George erhob sich von ihrem Stuhl. Natürlich war ihr nicht entgangen, welche Reaktion dieser Gegenstand, den sie selbst unter Einsatz ihres Lebens aus dem Ozean gefischt hatte, bei dem Mädchen ausgelöst hatte. »Warum willst du das wissen? Gefunden.«

»Dürfen wir das bitte wiederhaben?« Jetzt war auch Julian aufgestanden und streckte die Hand aus.

Aber das Mädchen zog den Gegenstand an ihren Körper und schloss fest die Finger darum. Ihr Gesichtsausdruck war schwer zu interpretieren. Sie wirkte angriffslustig und verunsichert zugleich. »Ich … Ich gebe euch fünf Dollar dafür.«

»Nein, danke.« Julian machte eine Handbewegung,

die ihr sagen sollte, dass sie das Teil herausrücken sollte.

»Damit macht ihr ein gutes Geschäft«, feilschte das Mädchen eifrig. »Das Ding ist nichts wert. Glaubt mir.«

Tolle Logik, dachte Dick. »Wenn es nichts wert ist, warum willst du es uns dann abkaufen?«

Kurz entschlossen ging George auf das Mädchen zu und nahm ihr den Gegenstand aus der Hand.

Das Mädchen wich dem Blick der Freunde aus. »Der Kompass ist kaputt und nichts wert. Ihr könnt damit sowieso nichts anfangen.«

Julian stemmte sich die Hände in die Seiten. »Aber du, oder wie?«

Jetzt stampfte das Mädchen mit dem Fuß auf. »Zehn Dollar, mein letztes Wort.«

»Nein, danke.« George kam sich vor wie eine Gebetsmühle.

Plötzlich veränderte sich der Gesichtsausdruck des Mädchens. Ihre Augen wurden rund und dunkel, sie schob die Augenbrauen zusammen, sodass dazwischen zwei tiefe Kerben entstanden. »Kommt hierher und glaubt, euch gehört hier alles!« Sie schnaubte verächtlich. »Verdammte Touris!«

Damit drehte sie auf dem Absatz um und stapfte mit zentnerschweren Schritten davon.

Die Freunde blickten ihr verwundert hinterher. Dick machte eine Handbewegung, als wollte er sich Wassertropfen abschütteln.

»Wie scharf die auf das Ding war!«, stellte George fest.

Anne schielte auf den Gegenstand in Georges Hand. »Meint ihr, das ist doch was wert?«

Julian nickte. »Sieht wohl so aus, wie?«

Er fischte ein paar Geldscheine aus der Hosentasche, um die Getränke zu bezahlen, und legte diese auf den Tisch. »Lasst uns gehen. Schauen wir mal, wo Onkel Quentin steckt.«

Cassi klappte das Buch zu und sah den Kindern hinterher. Das wurde ja immer interessanter mit diesen Gören!

Das Labor von Cha Li war schnell gefunden. Julian klopfte an die Tür. Die Freunde horchten. Gemurmel war zu hören. Hatten die Männer das Klopfen nicht gehört?

Ein Kopfnicken der anderen sagte Julian: Gehen wir einfach rein.

Und richtig. Onkel Quentin und Cha Li waren vollkommen in ihre Arbeit vertieft. Nur schemenhaft waren sie durch eine dichte Rauchwolke zu sehen und starrten mit Schutzbrillen auf den Nasen hustend und gestikulierend auf eine Versuchsanordnung. Eine verwirrende Vielzahl von Schläuchen führte in einen Glaszylinder und aus ihm heraus.

Dick war fasziniert. Er erkannte über dem Zylinder eine Art Schleuse, durch die man offenbar Flüssigkeiten in das Glasgefäß einbringen konnte. Was mochte das wohl genau sein?

Einen Moment standen die Freunde da und beobachteten die Forscher.

»Siehst du, genau das passiert jedes Mal«, sagte Cha Li. Er wirkte ein wenig verzweifelt und kratzte sich an der Schläfe.

Quentin runzelte die Stirn. »Wenn es einfach wäre, hätten es andere schon vor uns geschafft«, stellte er fest. »Ich könnte mir vorstellen, dass es schlicht an der Dosierung liegt.« Er hing einen Moment seinen Gedanken nach und fixierte blinzelnd die Versuchsanordnung. »Vielleicht sollten wir weniger Carbonat nehmen … Dafür aber etwas mehr Olivin.«

Dick räusperte sich. Er fand das alles furchtbar spannend und hätte am liebsten tausend und eine Frage gestellt.

Cha Li und Onkel Quentin zuckten leicht zusammen. Sie hatten die Kinder gar nicht bemerkt.

»Hallo, da seid ihr ja!«, rief Onkel Quentin.

Cha Li zwinkerte George zu. »Na, wie geht es dir, Pupsi?«

George verdrehte die Augen. Dann warf sie den anderen warnende Blicke zu. Wehe, ihr wagt es, mich deswegen aufzuziehen, sollte das heißen.

Dabei sollte Cha Li sich selbst mal sehen! Sein Gesicht war vom Ruß geschwärzt, und nachdem er sich die Schutzbrille abgenommen hatte, sah er mit seinen hellen Ringen um die Augen aus wie ein Negativ von einem Panda.

An Georges Stelle antwortete Julian. »Danke, gut. Sagen Sie, Cha Li, Sie sind doch von hier? Haben sie schon mal etwas von einem gewissen John Maranek gehört?«

Cha Li fingerte an einer Schlauchschelle herum. »John Maranek? Ja, klar. Das war ein berüchtigter Pirat.«

Dann nahm der Wissenschaftler einen Becher zur Hand und maß eine Flüssigkeit ab. Er hielt den Becher gegen das Licht, um die Messskala besser sehen zu können, und redete nach einer Pause weiter. »Besser ist er allerdings bekannt unter dem Namen One-Arm-Tedd.«

Julian musste schlucken. Das Skelett in dem Schrank! Ein Blick in die Gesichter der anderen verriet ihm, dass sie sich einig waren: Kein Wort davon!

Onkel Quentin wurde hellhörig. Die Kinder fragten schließlich nicht ohne Grund! »Habt ihr schon wieder irgendwelchen Unsinn im Kopf oder eure Nase irgendwo reingesteckt, wohin sie nicht gehört?«

George hob abwehrend beide Hände. »Nein, nein, Papa. Also ehrlich nicht. Keine Sorge!«

Aber Cha Li war mitteilsam und hatte zu dem legendären Piraten noch einiges zu berichten. Während er sich mit seiner Versuchsapparatur beschäftigte, erzählte er weiter: »Es ranken sich viele Legenden um ihn. Angeblich soll er Dutzende Schiffe überfallen und so einen gewaltigen Goldschatz gehortet haben.«

Dann wandte er sich seinem Freund zu und reichte ihm den Messbecher. »Hier, bitte.«

Bevor Georges Vater das Gefäß entgegennahm, setzte er sich seine Schutzbrille wieder auf.

Instinktiv wichen Cha Li und die Kinder einen Schritt zurück, als er die Flüssigkeit in den Glaszylinder goss.

Während er beobachtete, was passierte, erzählte Cha Li weiter. »Ich glaube ja, dass das alles nur eine Legende ist. Ich bin ja schließlich Wissenschaftler, ich halte mich an die Fakten.«

Julian und George warfen sich verschwörerische Blicke zu. Sie kannten Fakten, die Cha Li nicht kannte. Fakt war, dass da unten auf dem Grund der Bucht in einem Schrank ein Skelett versteckt war, dem ein Arm fehlte. Fakt war, dass sie diesen Gegenstand mit heraufgebracht hatten, der die Initialen des Piraten trug. Fakt war auch, dass das Mädchen an der Strandbar seinen Namen kannte.

Fakt war aber auch, dass sie das alles erst einmal für sich behalten würden.

In diesem Moment quoll mit einem lauten Zischen erneut eine dichte Qualmwolke aus der Versuchsanordnung und umschloss Georges Vater.

»Mist!« Onkel Quentin wedelte den Rauch fort und griff vorsichtshalber zu dem knallroten Feuerlöscher, der unter dem Tisch bereitstand.

Onkel Quentin hustete.

»Kinder, es tut mir leid, aber … Wir müssen hier weiterarbeiten«, stöhnte er. »Dafür habt ihr doch Verständnis, ja?«

Die Freunde blickten sich vielsagend an. Natürlich hatten sie das, und sie hatten ja jetzt auch eine Menge über den Piraten erfahren.

Nur Dick fiel es schwer, das Labor zu verlassen. Er hätte doch noch so viele Fragen über das Experiment gehabt!

Doch sie waren nicht die Einzigen, die versuchten, etwas über John Maranek herauszufinden. Nachdem die Kinder die Strandbar verlassen hatten, hatte Cassi auf der Suche nach dem berüchtigten Piraten das Internet durchsucht. Als sie gelesen hatte, worauf sie spekuliert hatte, hatte sie zum Telefonhörer gegriffen …

Kapitel 4

Es war ein anstrengender und aufregender Tag gewesen für die Freunde. Die lange Reise, die ungewohnte Hitze, der Vorfall mit dem Hai … das alles hatte ihnen zugesetzt. Also zogen sie sich nun am Abend müde in ihren Bungalow zurück und ließen den Tag noch einmal Revue passieren.

Julian, George und Anne hatten sich auf die Couch geflegelt und Anne kämpfte tapfer gegen die Müdigkeit an. Ihre Augenlider wurden immer schwerer.

Dick, der auf dem Boden hockte und sich an die Kommode gelehnt hatte, hielt das sonderbare Messingteil in der Hand und betrachtete es nachdenklich.

»Dann ist das Skelett mit dem Enterhaken also dieser One-Arm-Tedd«, stellte Julian fest und gähnte.

Gähnen steckt bekanntlich an, sodass sich die anderen bereits die Hand vor den Mund hielten und ebenfalls den Mund aufrissen.

Sie nickten.

Dick wog den Gegenstand in der Hand. »Und das hier ist sein Kompass.«

George zuckte mit den Schultern. »Aber da muss doch noch mehr dahinterstecken. Warum sonst wollte dieses Mädchen ihn uns abkaufen?«

Jetzt wurde auch Timmy angesteckt und gähnte, wobei er einen leise fiependen Ton von sich gab.

George stemmte sich aus dem Sofa hoch und sagte: »Lasst uns das morgen herausfinden. Jetzt hauen wir uns erst mal aufs Ohr.«

Dick grinste. »Und träumen von Piraten.«

Anne schauderte es. »Und von Haien, befürchte ich!«

Dick platzierte das Messingteil mitten auf der Kommode und betrachtete es noch einmal, bevor er in das Schlafzimmer der Jungen verschwand.

Anne wälzte sich in ihrem Bett hin und her. Sie hätte sich gern in eine Decke gekuschelt, wie sie das zu Hause immer tat, aber dazu war es viel zu warm. Zum Zudecken gab es lediglich ein weißes Laken, das allerdings angenehm frisch duftete. Alles war hier fremd. Die Menschen, die Sprache, das Essen, die Gerüche, vor allem aber auch die Geräusche, die nun durch die mit Fliegengittern geschützten Fenster hereindrangen.

Seltsame Laute unbekannter Tiere hallten durch die Nacht, Grillen zirpten um die Wette, dass es fast die Ohren betäubte, dann und wann verriet ein Rascheln, dass da auch größere Tiere durch die Anlagen des Hotels schlichen.

Anne gingen die Bilder des Tages nicht aus dem Kopf. Vor allem die abgebissene Schwimmflosse von Julian.

Ob die beiden Brüder tatsächlich schlafen konnten? George neben ihr in dem anderen Bett war zwar eingeschlafen, doch sie wälzte sich immer wieder hin und her. Offenbar träumte sie schlecht. Aber Anne wollte sie nicht wecken.

Das Mondlicht ließ die schmucklosen weißen Wände bläulich schimmern und die Rotorblätter des Ventilators unter der Decke warfen längliche Schatten. Sie hatten das Gerät abgestellt, denn es machte zu viel Lärm.

Anne spürte ein flaues Gefühl in der Magengegend und fragte sich, ob das vom Heimweh kam. Was ihre Eltern wohl gerade taten?

Onkel Quentin hatte ihnen und Tante Fanny längst eine Nachricht geschickt, dass sie alle heil angekommen waren.

Anne drehte sich auf die Seite und sah Timmy zusammengekringelt vor Georges Bett liegen. Wenigstens der Hund konnte ruhig schlafen. Für ihn war der Tag auch aufregend gewesen und er war bestimmt froh, dass jetzt Ruhe eingekehrt war.

Anne horchte auf Timmys gleichmäßige Atemzüge und schließlich glitt sie hinüber in einen unruhigen Schlaf.

Mitten in der Nacht wurde Anne davon wach, dass

Timmy leise knurrte. Er hat bestimmt nur ein Geräusch gehört, das er nicht einordnen kann, sagte sich Anne und zog sich das Laken bis zur Nase hoch. Dennoch horchte sie angestrengt.

Auch George war davon wach geworden und murmelte leise: »Timmy, schlaf!«

Doch Timmy ließ sich nicht beruhigen und schließlich saßen beide Mädchen aufrecht im Bett.

»Timmy, was hast du denn?«, fragte Anne ängstlich.

Aber im Schein des Mondes, der durch die offenen Fenster drang, sah Anne, wie George den Finger vor die Lippen hielt.

Ja, da war ein Geräusch zu hören, wie wenn jemand eine Türklinke herunterdrückte.

Jetzt sprang Timmy auf.

Anne wünschte sich, Onkel Quentin wäre in der Nähe.

Eine Weile war es still, dann war ein Rascheln zu hören! Diesmal kam es nicht von der Tür, sondern von der Rückseite des Hauses.

George schlüpfte aus dem Bett und griff nach der großen Taschenlampe, die auf ihrem Nachttisch bereitstand.

Anne wollte nicht allein in dem Zimmer bleiben und heftete sich George an die Fersen. Zusammen schlichen sie in den Wohnraum.

Im fahlen Mondlicht war deutlich die Silhouette einer Gestalt zu sehen. Sie stand vor der Kommode!

George umklammerte mit den Fingern fest die Taschenlampe, bereit, sich gegen einen Angriff zu wehren, und tastete gleichzeitig nach dem Lichtschalter der Deckenlampe.

Vor ihnen stand eine schlanke Gestalt mit maskiertem Gesicht!

»Auf frischer Tat ertappt, würde ich sagen!« George machte mutig einen Schritt auf die Gestalt zu.

Inzwischen waren auch Julian und Dick ins Zimmer gekommen.

»Da, der Typ hat sich das Ding geschnappt!«, rief Julian.

Doch im selben Augenblick war der Dieb bereits geschmeidig wie eine Katze zum Fenster hinausgeschlüpft und ergriff die Flucht.

Verdutzt blickten sich die Freunde an. Dann nahmen sie die Verfolgung auf.

Timmy sprang durchs Fenster, Julian griff nach der Klinke der Terrassentür und stieß diese auf. George, Dick und Anne stürzten ihm hinterher.

»Mist, der Typ kennt sich hier aus, der ist klar im Vorteil!«, keuchte George, als sie sah, wie die schlanke Gestalt flink durch die Rabatten huschte.

»Ist er nicht!«, rief Julian. »Wir sind in der Mehrzahl. Anne, Dick, da lang, wir schneiden ihm den Weg ab.«

Während Julian und George dem Dieb auf der Spur blieben, machten Dick, Anne und Timmy einen Satz über eine kleine Hecke, rannten einen Seitenweg entlang und sprangen dem Flüchtigen am Rande des Hotelpools direkt vor die Füße. Da war kein Durchkommen, und von hinten schnitten ihm George und Julian den Fluchtweg ab.

Da standen sie nun. Regen prasselte inzwischen herab und kräuselte die Wasseroberfläche.

George hielt ihm die Hand vor die Brust. »Haben wir dich!«

Mit gesenktem Kopf stand die Gestalt da. Dann zog sie sich langsam die Maske vom Gesicht.

Die Freunde starrten in das Gesicht des Mädchens mit den Obstkisten.

»Dachte ich's mir doch«, sagte Julian. Das Mädchen wich seinem Blick aus. »Na, das war ja irgendwie klar.«

»Gib uns den Kompass wieder«, forderte George sie auf, woraufhin ihr das Mädchen das Messingteil zuwarf. Geschickt fing George es auf.

»Verschwinde einfach«, blaffte Julian. »Das nächste Mal rufen wir die Polizei.«

Die Freunde machten kehrt, um zu ihrem Bungalow zurückzugehen. Jetzt wollten sie aber ungestört ihren Schlaf fortsetzen!

Nach einigen Schritten blinzelte Anne über die Schulter. Da stand das Mädchen noch immer im Regen, und Anne kam es in den Sinn, dass sie noch nicht mal ihren Namen kannten.

»Ich kenne jemanden, der den Kompass reparieren

kann«, flüsterte das Mädchen halblaut, um keine anderen Gäste zu wecken.

Verdutzt drehten sich jetzt auch die anderen um.

In diesem Moment war Anne klar, dass an Weiterschlafen erst einmal nicht zu denken war …

Eine leichte, angenehme Brise wehte vom Meer herauf. Das Wasser glitzerte im ersten Licht der aufgehenden Sonne orange-blau. Joe, so hieß das Mädchen, hatte die Freunde hierher in die Bucht geführt, wo sich ihnen ein fantastisches Schauspiel bot.

Von einer Erhöhung aus konnten sie beobachten, wie leuchtende Papierballons in den Himmel aufstiegen. Wie viele mochten das sein? Zwanzig? Fünfundzwanzig?

»Das sind Khoom Loys«, erklärte Dick, der darüber natürlich schon etwas gelesen hatte. »Durch die kleinen Flammen, die in dem Drahtgestell unter den Lampions brennen, wird die Luft darin erwärmt. Und da warme Luft nach oben steigt, können die leichten Lampions fliegen.«

Anne war die Erklärung egal. Sie wollte diesen Moment genießen und blickte den leuchtenden Papierballons nach, wie sie in den orange-rosa Himmel aufstiegen.

Unter ihnen dümpelten die traditionellen bunten Boote im Wasser und ein kleines Fischerdorf klebte wie ein Schwalbennest am Ende der Bucht. Das also war das Dorf der Hanami.

Eine Weile betrachteten sie die Szene schweigend. Keiner traute sich, den Zauber durch seine Stimme zu stören.

Erst als die Lampions wie Glühwürmchen hoch am Himmel schwebten, traute Dick sich, Joe etwas zu fragen. »Ist das hier so was wie ein Fest?«

»Ein altes Ritual unseres Stammes«, erklärte das Mädchen mit leiser Stimme. »Mit den Ballons schicken wir unsere Sorgen in den Himmel, damit sie für immer verschwinden.«

Anne hatte die Lichter längst gezählt: Es waren zwei Dutzend. »Da müsst ihr aber ... viele Sorgen haben«, sagte sie zögernd.

Joe lächelte nur traurig und schwieg.

Auf einmal tauchte eine schlanke dunkelhäutige Frau auf. Sie mochte um die vierzig Jahre alt sein und trug ein offenes Lächeln im Gesicht. Sie umarmte Joe.

»Wo hast du denn gesteckt, Joe?«, fragte die Frau schließlich. »Ich dachte, du wolltest auch einen Ballon steigen lassen.«

»Ja, später, Mama«, antwortete Joe. »Ich wollte zu Dang Song und ...«

Jetzt erst bemerkte die Frau die Freunde, die wie die Orgelpfeifen neben Joe standen. »Sind das Freunde von dir?«

Joe nickte. »Das ist meine Mutter«, erklärte sie den Freunden, woraufhin die Frau Julian, Dick, George und Anne nacheinander umarmte. Und dann auch Timmy!

Von ihrer bunten Kleidung stieg ein angenehmer Duft nach Gewürzen auf.

»Herzlich willkommen«, sagte die Frau und nickte dabei ganz leicht mit dem Kopf. Alles an ihr war angenehm, auch ihre Stimme. »Ich hoffe, ihr habt Hunger mitgebracht …«

Die Mutter legte ihrer Tochter die Hand auf die Schulter, dann gingen sie voran über einen kleinen Pfad auf die Fischerhütten zu.

Die Freunde zögerten nicht, ihnen zu folgen. So viel Gastfreundschaft beeindruckte sie. Und als Mutter und Tochter sich unter dem niedrigen Eingang einer der Hütten hindurchbückten, traten auch sie wie selbstverständlich ein.

Einen Moment brauchten ihre Augen, um sich an das schummrige Morgenlicht im Innern zu gewöhnen.

Aus irgendeinem Grund hatten die Freunde das Gefühl, sie müssten sich in dieser Hütte leise und behutsam bewegen.

Joes Mutter machte eine einladende Handbewegung. »Kommt nur, setzt euch.«

Jetzt sahen sie erst, dass an dem niedrigen Tisch bereits jemand saß: ein alter Mann mit einem Bart und langem, schütterem Haar, das ihm in grauen Strähnen ins Gesicht hing.

Der Mann saß da und sprach zunächst kein Wort, doch als die Kinder sich setzten, nickte er ihnen freundlich zu.

Das also war Dang Song.

Joe hatte bereits für alle kleine Schüsseln gebracht und ihre Mutter füllte Suppe hinein.

Anne schnupperte skeptisch an der Suppe, aber Dick hatte bereits angefangen, sie gierig zu löffeln.

Anne stieß ihn an. Das war unhöflich! Und außerdem entdeckte Anne auch schon einen Fleck, den die Suppe auf Dicks blauem Kapuzen-Shirt hinterlassen hatte.

Joe, die sich neben George gesetzt hatte, griff zögernd nach dem Gegenstand aus dem Wrack. George ließ sie gewähren.

Joe legte das Teil vor Dang Song auf eine kleine Steinkonsole, woraufhin dieser begann, mit den Händen seltsame Bewegungen in der Luft zu machen, als wollte er den Gegenstand verzaubern oder beschwören.

Wenn es jetzt auch noch knallt und zischt, bin ich im falschen Film gelandet, dachte George. Sie zog den Mund schief und suchte die Blicke der anderen. Wollten die sie vergackeiern? War das hier ein billiger Touristen-Trick?

Joe entgingen die skeptischen Blicke nicht. Sie legte George die Hand auf den Arm. »Glaub mir, er weiß, was er tut.«

In diesem Augenblick griff der Greis nach dem vermeintlichen Kompass, und noch ehe ihn jemand davon abhalten konnte, knallte er diesen mit voller Wucht auf den Steinblock, der vor ihm stand.

Vor Schreck machten die Freunde einen Satz zurück. Dick wäre beinahe mit dem Stuhl umgekippt und Timmy verschluckte sich an dem Knochen, auf dem er schon eine Weile herumkaute.

Wütend war George aufgesprungen. »Was macht er denn da!«

Joe war bereits zu Dang Song geeilt und kauerte jetzt neben ihm.

Da erkannte sie, dass das Messingteil in zwei Teile zerbrochen und ein weiterer Gegenstand herausgefallen war.

Ein richtiger Kompass!

Feierlich hob Dang Song den Kompass mit beiden Händen an und platzierte ihn voller Ehrfurcht mitten auf dem Steinblock.

Wie gebannt starrten die Freunde auf die Nadel, die zunächst wirr über der Skala kreiselte. Schließlich kam sie zur Ruhe.

Jetzt sprach Dang Song etwas mit ruhiger Stimme in seiner Sprache.

»Ein beliebter Trick von One-Arm-Tedd! Etwas Wertvolles in etwas Wertlosem zu verstecken«, übersetzte Joe.

Dang Song machte ein geheimnisvolles Gesicht und ließ den Blick von einem zum anderen wandern. Anne lief es eiskalt den Rücken hinunter. »Wenn die Legende stimmt«, fuhr Joe aufgeregt mit der Übersetzung fort, »dann führt dieser Kompass zu seinem Schatz.«

Dick schlug sich mit der Faust in die hohle Hand und

schenkte Julian, George und Anne ein freudiges Grinsen. Das war ja der Oberknaller!

Joe konnte nicht an sich halten. Sie sprang auf und rief: »Mit diesem Schatz kann ich unser Dorf retten!«

Doch alles Jubelrufen erstarb, als die Kinder plötzlich bemerkten, dass Dang Song mit besorgter Miene auf den Kompass sah.

Dann richtete er den Blick auf Joe und sprach zu ihr.

Mit einem Mal war Joes Gesichtsausdruck wie versteinert.

Der alte Mann zeigte mit spitzem Finger auf den Kompass.

»Aber das ist unsere einzige Chance!«, rief Joe verzweifelt.

»Was hat er gesagt?«, fragte Julian leise.

»Die Nadel zeigt ins Noteka«, erklärte Joe. Sie schien hin- und hergerissen. »Dang Song warnt uns. Es sei zu gefährlich.«

»Joe.« Dang Song fixierte das Mädchen mit ernster Miene.

Doch Joe ballte entschlossen die Fäuste. Mit zusammengebissenen Zähnen verbeugte sie sich vor Dang Song und verließ wütenden Schrittes die Hütte.

Die Freunde blickten sich verwundert an. Nun verstanden sie gar nichts mehr.

Dang Song bemerkte ihre Verwirrung. »Sie war schon immer ein Dickkopf«, sagte er in gebrochenem Englisch.

Mit einem milden Lächeln gab der Alte ihnen zu verstehen, dass sie Joe ruhig folgen sollten.

Anne seufzte lautlos. Nun steckten sie doch mitten drin in einem Abenteuer. Dabei wollten sie doch einfach nur Urlaub machen!

Kapitel 5

Sie fanden Joe unten am Wassersaum auf einem Felsen hockend, der ein gutes Stück weit ins Wasser ragte. Kleine Wellen leckten zu ihren Füßen um den Stein und plätscherten leise.

Den Freunden, die das Klima noch immer nicht gewöhnt waren, wurde es bereits warm und die T-Shirts begannen auf der Haut zu kleben.

Natürlich hatte Joe die Schritte der Freunde gehört, doch sie drehte sich nicht um. Aber als sie sie in Hörweite wusste, begann sie mit trauriger Stimme zu erzählen. »Mein Stamm lebt hier seit neunhundert Jahren. Doch in drei Tagen werden hier die Bagger anrollen und alles plattmachen, damit dieser Haynes sein Luxusresort bauen kann.«

Die Freunde wollten nicht glauben, was sie da gehört hatten. Das mussten sie jetzt aber genauer wissen.

Sie gruppierten sich um Joe herum und warteten

auf eine Erklärung. Doch Joe schwieg und in ihren Augen glänzten Tränen. Sie wirkte, als hätte sie alle Hoffnung aufgegeben und als hätte es doch keinen Sinn, den Freunden zu erzählen, was geschehen war.

Schließlich fragte Anne zaghaft. »Haynes?! Du meinst, dieser Hotel-Fuzzi? Aber wieso kann er einfach ...?«

Joe blickte hinaus aufs Meer und fixierte irgendwo am Horizont einen Punkt, bevor sie weitersprach. »Wir leben vom Fischfang, müsst ihr wissen. Letztes Jahr hat es hier schon einmal einen schlimmen Sturm gegeben. Dabei wurden fast alle unsere Fischerboote zerstört, unsere Lebensgrundlage. Wir brauchten dringend Geld für neue Boote und Mr Haynes zeigte sich großzügig. Er hat uns das Geld geliehen, weil er uns helfen wollte – sagte er damals ...« Joe hielt einen Moment inne. Die Erinnerung schien ihr die Kehle zuzuschnüren. Ein wenig gepresst sprach sie weiter. »Dabei hatte er zu dem Zeitpunkt schon nichts anderes vor, als uns reinzulegen. Es ging nur um seinen eigenen Profit!«

Joe langte nach einem Steinchen und pfefferte es wütend ins Wasser.

»Aber wie hat er das angestellt?«, fragte Dick behutsam nach.

»Pah!« Joe stieß die Ferse gegen den Felsen. Mit den Armen machte sie eine ausladende Bewegung. »Mit riesigen Kuttern hat er unsere Bucht leer fischen lassen. Für unsere Fischer war nichts mehr übrig. So hat er dafür gesorgt, dass wir unsere Schulden nicht zurückzahlen konnten.«

Julian konnte kaum glauben, was er da hörte. »Wie mies ist das denn?«

Dieser Mr Haynes war ihnen ja ohnehin nicht sympathisch gewesen, aber dass er ein solcher Verbrecher war, hätten sie nicht erwartet. Sie hatten ihn einfach nur für einen Schleimer gehalten!

Für einen Moment hing jeder seinen Gedanken nach. Doch einen Gedanken teilten die Freunde. Sie konnten Joe und ihre Dorfgemeinschaft nicht im Stich lassen! Julian und George hatten den Kompass gefunden. Sie hatten den ersten Schritt getan zur Rettung des Dorfes der Hanami. Wie sollten sie nun die Hände in den Schoß legen können?

Ein paar Seevögel schossen dicht über die Wasseroberfläche. Sie begrüßten mit ihrem Gekreische den Morgen und rissen damit die Freunde aus ihren Gedanken.

Sie sahen sich nur kurz an. Sie waren sich einig.

George und Timmy standen zuerst auf und machten sich auf den Weg. Ohne ein Wort zu sagen, folgte auch Julian ihnen. Dann Dick und schließlich Anne.

Verwundert blickte Joe ihnen hinterher. »Hey, wo geht ihr denn jetzt hin?«

Julian blieb stehen und drehte sich zu ihr um. »Na, wohin wohl?«

Joe legte die Stirn in Falten. Sie verstand nicht recht, was Julian ihr sagen wollte.

Jetzt drehte sich auch Anne um. Sie hob beide Arme. »Dein Dorf retten, was denn sonst? Oder willst du hier sitzen bleiben und zusehen, wie die Bagger anrollen?«

Dick streckte den Arm aus und wies in die Ferne. »Da draußen ...«

»... da wartet ein Schatz auf uns!«, rief George.

Aber Timmy wollte das letzte Wort haben und kläffte.

Natürlich war den Freunden klar, dass der Hotelier mit dem Faible für weiße Anzüge ganz gewiss auf der Hut war. Er stand kurz vor einem riesen Coup und wollte sicher nicht riskieren, dass ihm noch irgendwer einen Strich durch die Rechnung machte.

»Eins ist sicher«, stellte Dick fest. »Wir müssen auf jede Überraschung gefasst sein.«

Jedoch konnten sie nicht ahnen, dass jemand ihr Gespräch am Strand aus sicherer Entfernung mit einem Richtmikrofon mitgehört hatte.

Denn Cassi witterte einen Deal. Sie saßen seit Jahren auf dieser Insel fest, weil Nick einen illegalen Coup vermasselt hatte. Wenn sie Haynes den Schatz besorgten, würde er ihnen im Gegenzug neue Pässe organisieren. Denn nichts wünschte sich Cassi sehnlicher, als endlich in ihr geliebtes Paris reisen zu können.

Haynes hatte sich kooperativ gezeigt. Eine Hand wusch schließlich die andere und eine Krähe hackte der anderen kein Auge aus. So versprach er nicht nur, die Pässe zu besorgen, sondern drückte Nick und Cassi noch etwas anderes in die Hand…

Bald darauf standen die Freunde am Hotelstrand und warteten auf Joe, die versprochen hatte, sie abzuholen, sobald sie für den Ausflug in den Dschungel ausgerüstet waren. Feste Schuhe, lange Hosen und lange Ärmel waren ein absolutes Muss, und mit Antimückenmittel hatten sie sich eingesprüht, dass sie nur so danach rochen.

Ihre Rucksäcke waren gefüllt mit Proviant – vor allem Trinkwasser – Taschenlampen, Taschenmessern und allerhand anderem nützlichen Zeug.

»Oh Mann, da ist *der* ja schon wieder«, stöhnte George, als sie plötzlich Nick in Sportsachen und Stirnband angetrabt kommen sah. Seit er ihnen das Schrottboot als neu angepriesen hatte, war er in ihrem Ansehen schwer gesunken.

Nick hob die Hand zum Gruß und rief übertrieben freundlich: »Na, macht ihr einen kleinen Ausflug?«

Dann ließ er in einem kameradschaftlichen Schlag die Hand auf Annes Rucksack niedersausen, dass diese von der Wucht einen ordentlichen Satz nach vorn machte. Julian packte seine Schwester am Arm, damit sie nicht stürzte.

»Viel Spaß dann noch! Wir bleiben in Kontakt!«, rief Nick, winkte noch einmal und war auch schon wieder verschwunden.

Ja, ganz sicher, dachte George und zeigte ihm einen Vogel. »Hat der sie nicht mehr alle?«

Doch dann kam Joe und sie hatten das seltsame Auftreten von Nick schon wieder vergessen.

»Hey, da ist sie ja!«, rief Dick, den die Abenteuerlust gepackt hatte. Das kribbelte so schön!

Joe saß in einem lang gezogenen Holzboot, an dessen Ende sich eine lange Stange mit einer Schiffsschraube befand.

»Diese Boote nennt man Long-Tail-Boat«, erklärte Dick und half seiner kleinen Schwester hinein.

»Ihr setzt euch vorn rein«, kommandierte Joe. Sie stand im Heck des Bootes und hielt das Steuer fest in der Hand.

George fand es irgendwie blöd, sich fahren zu lassen, so oft wie sie selbst in der Felsenbucht schon mit ihrem eigenen Boot unterwegs gewesen war. Aber sie sagte natürlich nichts.

Schweigend ließen sie sich von Joe durch die Bucht fahren und betrachteten staunend die imposante Felsformation, auf die sie zusteuerten. Zwei riesige Felsen ragten wie hohe Türme aus dem Wasser, beinahe sah es aus, gäbe es dort kein Durchkommen, aber als sie näher kamen und einen kleinen Bogen fuhren, erkannten die Freunde, dass eine Meerenge hindurchführte.

Joe lenkte das Boot sehr sicher, als hätte sie es von klein auf gelernt.

Als sie die Turmfelsen passierten, löste es ein seltsames Gefühl in ihnen aus. So als gäbe es nun kein Zurück mehr aus diesem Abenteuer. Sie waren sich bewusst, dass es gefährlich werden konnte, denn die Worte des alten Dang Song klangen ihnen noch in den Ohren.

Ein Wagnis. Aber konnten sie Joe und ihre Dorfgemeinschaft im Stich lassen? Mussten sie es nicht als Zeichen oder gar als Auftrag sehen, dass sie den Kompass gefunden hatten?

Sanft glitt das Long-Tail-Boat durch das Wasser und bald darauf verschlang eine große Höhle das Boot wie ein gieriger Schlund.

Anne fröstelte es, dabei war es auch hier im Schatten noch immer warm. Leises Plätschern hallte von den Felswänden wider und auf der gegenüberliegenden Seite ließ ein kleines Rinnsal die grauen Steine glitzern.

Jetzt steuerte Joe das Boot an die Seite, so dass sie bequem an Land gehen konnten. »Willkommen im Noteka!«, flüsterte sie, und doch gab es ein kleines Echo.

»Das hier ist Noteka?«, fragte George ungläubig, aber Joe winkte sie weiter.

»Hier lang!«

Schon bald hatte Joe die Freunde aus der Höhle hinausgeführt, und sie fanden sich vor einem Dschungel wieder mit dunkel glänzenden Dächern aus großen Blättern, riesigen Bäumen, aus denen Lianen auf den Boden hingen, und kleineren Büschen. Und überall tropfte es von der hohen Luftfeuchtigkeit.

Seltsam, dachte Dick. Er hatte sich den Dschungel

viel lauter vorgestellt, die Luft erfüllt von Vogelgezwitscher und Affengekreische, aber es war ungewöhnlich still hier im Noteka.

»Dann mal los!«, sagte Julian.

Der kleine Tross setzte sich in Bewegung. Timmy lief hinterher, so hatte er seine Menschen am besten im Blick.

Joe führte sie über Pfade, an deren Rändern Pflanzen wuchsen, die die Freunde noch nie gesehen hatten. Das wären tolle Exemplare für ihre Herbarien, fanden Julian und Dick, aber dafür war jetzt einfach keine Zeit.

»Wusstet ihr eigentlich, dass einige der gefährlichsten und giftigsten Tiere der Welt hier im Noteka leben?«, flüsterte Dick.

Abrupt blieb Anne stehen. »Nein, nicht wirklich, oder?« Jetzt war sie wieder da, die Gänsehaut!

Doch keiner schien ihre Sorge ernst zu nehmen, denn Joe hielt den Kompass in die Höhe, und sobald die Nadel zur Ruhe gekommen war und ihnen den Weg wies, marschierten sie los.

Wenn die Sache nicht so ernst gewesen wäre, wären sich die Freunde vorgekommen wie auf einem großen Abenteuerspielplatz. Schon mussten sie über einen dicken Baumstamm balancieren, der sie über einen Bach führte, sich durch tiefhängendes Geäst schlängeln oder kleineren Tümpeln ausweichen. Aber es gab nur eins: der Richtung folgen, die der Kompass ihnen vorgab.

Anne verkrampfte sich mehr und mehr. Und das lag

nicht an der Anstrengung und der schwülen Luft, sondern an dem Gedanken an giftige Frösche, gefährliche Insekten und anderes übles Getier.

»Anne, die meisten Tiere haben mehr Angst vor dir als du vor ihnen«, versuchte Julian seine Schwester zu beruhigen, als er ihre Not bemerkte.

»Wirklich?« Annes Blicke wanderten unruhig hin und her, stets auf der Hut vor drohenden Gefahren.

»Abgesehen vom Schwarzen Waldläufer vielleicht«, bemerkte Joe, die nicht wusste, wie groß Annes Angst war.

Julian hätte sie würgen können!

Und dann schlug Dick noch in dieselbe Kerbe. »Vor dem muss man sich wirklich in Acht nehmen. Das ist nur ein kleiner Käfer, den Biss merkt man kaum, aber dann kriegt man irgendwann Fieber und dann …«

Julian trat ihm – wie aus Versehen – von hinten gegen die Wade. Musste er sein Wissen denn immer und unbedingt preisgeben? Er musste es doch nun wirklich besser wissen, wann es angebracht war und wann nicht. Und dies war nun definitiv der falsche Zeitpunkt!

»Au, kannst du nicht aufpassen?«, fluchte Dick.

»Zu viel Information!«, zischte Julian.

Erst da verstand Dick und humpelte schweigend weiter.

Anne war nun keineswegs beruhigt. Immerzu musste sie an dieses winzige schwarze Krabbeltier denken. Das konnte man noch nicht mal so richtig sehen, wenn es einen angriff! Unwillkürlich zog sie den Ausschnitt ihres Shirts weiter zu, dass ihr auch ja nichts da reinfiel!

Sie konnte ja nicht ahnen, dass ihnen noch eine ganz andere Gefahr drohte.

Tapfer folgte sie Dick, der nun den Kompass übernommen hatte und vorwegeilte, und achtete auf jeden Schritt, als plötzlich ein Schrei durch den Dschungel hallte!

Augenblicklich blieben die Freunde stehen und drehten sich um.

»Was war das?«, fragte George erschrocken.

»Das kam von da hinten!« Julian wies in die Richtung, aus der sie gerade gekommen waren.

»Da muss jemand in Not sein!«, zischte Dick.

Sofort kamen Anne Bilder in den Kopf von Menschen, die vom Schwarzen Waldläufer erwischt worden waren.

Joe betrachtete den Kompass in Dicks Hand. Was war zu tun? Weiterlaufen? Aber wenn da jemand ihre Hilfe brauchte? Sie war hin- und hergerissen.

»Kommt, wir sehen nach«, flüsterte Julian.

»Wir müssen vorsichtig sein!«, mahnte Joe.

Julian nickte ihr zu, dass er verstanden hatte. Gebückt schlichen sie zurück, bedacht darauf, möglichst nicht auf knackende Zweige zu treten.

Die Vorsicht zahlte sich aus. Schon bald hörten sie Stimmen. Wohlbekannte Stimmen, die miteinander stritten.

Julian, Dick, Timmy und die Mädchen gingen hinter einem umgefallenen Baum in Deckung und erkannten niemand anderen als Nick und seine aufgetakelte Freundin Cassi. Offenbar war Cassi Nick auf die Hand getreten, so war es ihrem Streit zu entnehmen.

»Was machen die denn hier?«, flüsterte George beinahe lautlos.

Joe und die Freunde strengten ihre Ohren an. Das interessierte sie nun brennend, worüber die beiden von der Strandbar redeten.

Nick sah einfach zu lächerlich aus, denn er hatte eine Art Imkerhut auf dem Kopf, den er sich aus der Stirn geschoben hatte, und als Cassi ihm nun auf den Hinterkopf schlug, rutschte ihm das Teil ins Gesicht.

Cassi sprach mit eindringlicher Stimme auf ihren Freund ein. »Hör mir gut zu. Wir verfolgen die jetzt ganz entspannt, klar? Wir lassen die schön die Arbeit machen, klar?«

Nick nickte. »K…klar.«

Die Freunde und Joe sahen sich überrascht an. Mit »die« konnten doch nur sie gemeint sein! Woher zum Teufel wussten Nick und Cassi, dass sie hier waren?

Aber es kam noch abenteuerlicher. Den Freunden stockte der Atem, als Cassi cool ihr Shirt lüpfte und darunter eine Pistole zum Vorschein kam, die in ihrem Gürtel steckte. »Und wenn diese Gören den Schatz finden, dann …«, sagte sie lässig.

Doch Nick ruckelte an dem seltsamen Hut herum

und stammelte: »W…Was sagst du? Ich versteh dich unter dem Ding hier so schlecht.«

»Dann nimm diesen beknackten Helm endlich ab!«, maulte Cassi.

Doch sie wartete seine Reaktion gar nicht ab, sondern packte den Helm kurzerhand und warf ihn in hohem Bogen ins Gebüsch.

Und zwar genau in die Richtung, in der sich die Kinder versteckt hatten!

Sie hielten den Atem an. Verdammt!

Der seltsame Imkerhelm landete direkt in Dicks Armen!

»Oh, oh«, machte Anne.

Und da machte sich dieser Nick auch schon mit einem entschlossenen »Den hol ich mir wieder!« auf die Socken und steuerte direkt auf sie zu!

Es war eine Art Reflex, der Dick dazu brachte, den lächerlichen Helm in Nicks Richtung zurückzuwerfen.

Und damit hatte er sie verraten.

Nick und Cassi tauschten nur einen kurzen, verdutzten Blick, da sprangen Joe und die Freunde auf und nahmen Reißaus.

»Verdammt!«, brüllte Cassi. »Los, hinterher! Worauf wartest du denn noch!«

Die Freunde rannten, so schnell sie konnten und so schnell der Dschungel mit all seinen Stolperfallen es zuließ.

»Hier lang!«, kommandierte Joe.

Julian blieb hinter Anne. Sie konnte nicht so schnell wie die anderen, also blieb er bei ihr.

Anne bedauerte es, dass Cassi ihre High Heels gegen Turnschuhe getauscht hatte! Nick und Cassi waren schneller, als die Freunde gedacht hatten: Ihre Schritte waren dicht hinter ihnen zu hören.

Die Freunde rannten, bis die Lungen stachen, immer wieder mussten sie mit den Armen Zweige und Lianen zur Seite schlagen, der Untergrund war weich und teilweise rutschig. Aber sie hielten durch …

»Okay«, rief Julian schließlich. »Ich glaube, wir haben die beiden abgehängt.«

Sie waren an einer Furt angelangt, die durch einen Fluss führte, und verschnauften kurz. Timmy begann gierig zu saufen. Anne war heilfroh, jetzt ging es also wieder langsamer weiter.

»Wo müssen wir lang?«, fragte George Dick.

»Keine Ahnung«, sagte er und wandte sich an Joe. »Du hast doch den Kompass.«

Aber Joe schüttelte den Kopf. »Nein, du hattest ihn zuletzt.«

Erschrocken betastete Dick seine Hosentaschen. Verflucht!

Er brauchte nichts zu sagen. Sein Blick verriet den anderen die schlimme Wahrheit. Er hatte den Kompass verloren!

Und damit nicht genug! Kurze Zeit später hörten sie Schritte.

Ein Felsen bot den Freunden ein gutes Versteck. Von dort aus konnten sie beobachten, wie auch Nick und Cassi und Hugo an der Furt eine Rast einlegten.

Zu ihrer großen Enttäuschung hielt Cassi tatsächlich den Kompass in der Hand. Sie hatten ihn also gefunden.

Dick hatte ein schlechtes Gewissen. Er fühlte sich in der Verantwortung, den Kompass wiederzubeschaffen. Schließlich hatte er ihn auch verloren.

»Okay«, sagte er. »Ich habe einen Plan. Ich lenke die beiden ab, dann könnt ihr euch den Kompass schnappen.«

Aber George winkte gleich ab. »Keine gute Idee. Du weißt doch, Cassi hat eine Pistole.«

»Und was machen wir stattdessen?«, fragte Anne mit weinerlicher Stimme.

Da stieß Joe sich vom Felsen ab und duckte sich. »Behaltet die beiden im Auge«, bat sie die Freunde und verschwand auf leisen Sohlen. Sie machte Dick ein Zeichen, mit ihr zu kommen. »Hilfst du mir?«

Die Frage musste sie Dick nicht zweimal stellen. Schon war er hinter Joe her gehuscht, fragte sich aber sogleich, ob das ein Fehler gewesen war, als er nämlich sah, wie Joe nach einer giftgrünen Schlange griff, die sich auf einem dicken Ast entlangschlängelte.

Erschrocken wich Dick einen Schritt zurück. »Was machst du denn da?«

Joe hatte die Schlange geschickt hinter dem Kopf gepackt, sodass das Reptil sie nicht beißen konnte. Eine metallic-blaue Zunge züngelte aus dem Maul.

Dick starrte die Schlange an, fasziniert und ängstlich zugleich.

»Reiß mal zwei von den Beeren da ab«, bat Joe und wies mit dem Kinn auf einen Busch, der neben Dick stand.

Dann stopfte Joe die Beeren unter Dicks faszinierten Blicken eine nach der anderen der Schlange zwischen die Zähne. »Schon mal was von Schlangengift gehört?«

Dick nickte eifrig. »Ophiotoxine. Natürlich.«

»Das Gift dieser Schlange führt zu einer zwanzigminütigen Lähmung«, erklärte Joe sachlich.

»Du meinst zu einer neuromuskulären Paralyse?«, hakte Dick nach.

Joe stutzte kurz. »Wie auch immer … Eine Beere in den Mund und die beiden sind außer Gefecht.«

Dick durchschaute Joes Plan noch nicht ganz. »Und wie willst du die beiden dazu bringen, die Beeren zu essen?«

Aber Joe grinste Dick nur schelmisch an. Auch dafür hatte sie schon einen Plan.

Gerade beobachteten George, Anne, Julian und Timmy, wie Cassi den Kompass zärtlich streichelte. Durch das Rauschen des Wassers konnten sie Cassi sagen hören: »Der Schatz wird mir das Leben ermöglichen, von dem ich schon immer geträumt habe.«

Oh, du Einfältiger, dachte George und verdrehte

die Augen, als Nick Cassi erstaunt fragte, ob sie nicht meinte, der Schatz würde *ihnen beiden* ein neues Leben ermöglichen. Du wirst diese hinterlistige Tussi nie durchschauen.

Und Cassi hatte Nick auch ruck-zuck wieder beschwichtigt, indem sie ihm ein falsches und süßliches Lächeln schenkte.

Erleichtert lachte Nick auf und in diesem Moment passierte es. Etwas flog ihm in den weit aufgerissenen Mund, er schluckte und im selben Augenblick verharrte er wie versteinert in der Bewegung.

Erschrocken wandte Cassi den Blick zum Wasser, wo Joe mit einem Blasrohr vor dem Mund aufgetaucht war, und schrie. Ein Fehler, wie sie sofort spüren musste. Joe hatte das Überraschungsmoment genutzt. Cassi schluckte. Und erstarrte.

»Krass, ich glaube, die sind gelähmt!«, rief Julian. Er konnte seinen Augen kaum trauen. »Joe ist echt der Hammer!«

»Kommt, jetzt aber los!«, rief George.

Aber Dick und Joe waren es, die noch einen Moment brauchten.

Als sie sich aus dem Wasser erhoben, fanden sich für einen kurzen Moment ihre Blicke. Diesem Mädchen so nah zu sein, war ein Gefühl, dass Dick gerade nicht einzuordnen wusste. Er schüttelte sich das Wasser aus dem Gesicht. Er konnte seinen Blick nicht von ihr abwenden und sie hielt diesem Blick stand. Sagen konnte er aber nichts.

»Habt ihr's dann?« Julian durchbrach diesen Augenblick. Er stand am Ufer und winkte. »Wir müssen weiter.«

Joe genoss den Moment, als sie Cassi den Kompass aus der Hand nehmen konnte. Die junge Frau starrte sie wütend an, aber sie konnte sich einfach nicht rühren.

Dick tätschelte Nick das Gesicht. »Immer schön locker bleiben, Nicki!« sagte er und grinste breit. Diesen Spaß musste er sich einfach gönnen.

Dann rannten sie den anderen hinterher.

»Da seid ihr ja!«, lachte Anne fröhlich. Den Schwarzen Waldläufer und all das andere gefährliche Dschungelgetier hatte sie längst vergessen.

Kapitel 6

Wie Perlen an einer Schnur kämpften sich die Kinder weiter durch den Urwald. Joe lief mit dem Kompass vorneweg und achtete genau auf die Richtung, die ihnen die Nadel anzeigte.

Doch die Vegetation wurde immer dichter und bald schon mussten sie bei jedem Schritt tiefhängenden Zweigen ausweichen, was das Laufen mühsam machte.

Schließlich war der Pfad so zugewuchert, dass Joe ihnen mit einem Stock den Weg freischlagen musste. »Wenn wir jetzt eine Machete hätten, wären wir fein raus«, keuchte sie.

Doch sie hatte die Worte kaum ausgesprochen, da hatte sich Dick bereits an den anderen vorbeigedrängelt und begann nun seinerseits, ihnen den Weg mit Hilfe eines stabilen Stocks freizumachen. »Das mach ich schon«, sagte er an Joe gewandt und tippte sich an die Schläfe. »Ich hab's ja nicht nur hier …«

Mit verbissener Miene schlug er auf die Zweige und Lianen ein, als gäbe es einen Wettbewerb zu gewinnen.

George stieß Anne und Julian den Ellenbogen in die Rippen und grinste verstohlen. Was ist nur in unseren Dick gefahren, sollte das heißen.

Julian grinste zurück. Ihn amüsierte das Verhalten seines jüngeren Bruders sehr. Der verhielt sich ja wie ein verliebter Gockel!

»Müssen wir uns Sorgen um ihn machen?«, flüsterte Anne Julian und George zu.

»Keine Ahnung«, antwortete Julian.

George seufzte. »Sorgen sollte man sich um Dick immer machen.«

Doch in diesem Moment kam etwas durch die Luft geflogen und landete genau auf Julians Handgelenk. Er schlug es fort und beachtete den kurzen Schmerz kaum. Er murmelte nur leise: »Autsch!«

Dann konzentrierte er sich wieder auf den Weg, den sein tapferer Bruder für sie bahnte. Bestimmt hat er morgen Muskelkater in den Armen, dachte Julian belustigt. Aber er würde nie zugeben, wenn es ihm zu anstrengend würde.

So stapften sie schweigend vor sich hin, achteten genau darauf, wohin sie ihre Füße setzten, sperrten ihre Ohren auf, ob die Verfolger ihnen wohl wieder auf den Fersen waren. Schließlich würde die Lähmung nicht sehr lange anhalten. Joe und die Freunde versuchten ansonsten, mit ihren Kräften hauszuhalten, denn das feucht-heiße Klima schlauchte.

Joe warf einen konzentrierten Blick auf den Kompass. »Wir müssen wohl da hinauf.« Vor ihnen lag eine Anhöhe, deren Anstieg zwar nicht besonders steil, aber dafür dicht bewachsen war.

Dick übernahm den Kompass und kontrollierte die Richtung. Joe hatte recht, die Nadel zeigte genau dorthin. »Sieht wohl so aus.«

Diesmal setzte Julian sich an die Spitze der Gruppe. »Na, dann wollen wir mal.«

Er rieb sich mit dem Handgelenk über das Hosenbein. Warum juckte das nur so?

George bildete mit Timmy die Nachhut und sah sich ein letztes Mal um, bevor sie loslief. »Tja, scheint so, als hätten wir unsere beiden Verfolger jetzt abgehängt.«

»Drei«, erinnerte sie Dick. »Die hatten doch den irren Kakadu dabei.«

Dabei ging ihm immerzu der Gedanke durch den Kopf, woher die beiden gewusst hatten, wohin sie aufgebrochen waren. Hatten sie auf der Lauer gelegen? Das wäre ihnen doch aufgefallen! Nein, als sie mit dem Boot aufgebrochen waren, waren sie definitiv allein gewesen! Irgendwas war da faul!

Dick hatte sein Stofftaschentuch gefaltet und es sich als Stirnband um den Kopf gebunden. Das fand er ziemlich cool. Auch die aufgekrempelten Ärmel. Irgendwie fühlte er sich jetzt ziemlich stark und energiegeladen und so kämpfte er sich auch durch den Dschungel. Joe sollte merken, dass er nicht nur Grips, sondern auch Muckis hatte! Wie beiläufig pumpte er den Bizeps auf.

Joe aber fragte: »Sag mal, ist alles okay mit dir? Hast du einen Krampf oder so?«

Aber Dick ließ sich nicht beirren. »Nein, alles okay«, versicherte er. »Übrigens: Deine Schuhe sind echt cool. Stehen dir super.«

Er nickte erwartungsvoll, aber Joe blickte nur verwirrt auf ihre schlammverkrusteten Boots. Von den Schuhen selbst war unter der dicken Schicht aus Matsch kaum etwas zu erkennen.

Den anderen war diese kleine Szene nicht entgangen und George seufzte lautlos.

»Ich sag jetzt nicht, was ich denke«, flüsterte sie in Richtung von Julian und Anne. »Aber hoffentlich passiert hier nicht gerade, *was* ich denke.«

Julian schüttelte kaum sichtbar den Kopf. »Ich befürchte, es passiert hier gerade genau, was du denkst.«

Anne stemmte die Hände in die Seiten. »Ihr meint, Dick hat sich … Niemals!«

Dann beobachteten die drei, wie Dick über einen kleinen Felsen kletterte und dann der sportlichen Joe, die sich bisher wie eine Gazelle durch den Wald bewegt hatte, die Hand reichte, um ihr hinüberzuhelfen.

Julian machte ein wichtiges Gesicht und sprach im Flüsterton weiter. »Wie würde Dick dieses Phänomen erklären? Wenn die Hormone verrücktspielen, setzt schon mal das Gehirn aus.«

Dann hörten sie, wie Joe meinte, das schaffe sie schon selbst. Dick stammelte daraufhin: »Klar. Warum nicht? Ich meine, nur weil du ein Mädchen bist? Du machst das auch echt gut…«

Julian nickte bestätigend. »Sag ich doch. Hormone. Gehirnaussetzer. Eindeutig!«

»Okay, ihr habt recht!«, stöhnte Anne. »Oh mein Gott!«

Julian zog ein großes Stofftaschentuch aus der Hosentasche, um sich damit den Schweiß von der Stirn zu wischen. »Puh, ganz schön anstrengend… Und diese Luft…«

»Hey, an deiner Kondition müssen wir aber mal was machen«, frotzelte George und schubste ihn wieder auf den Weg, denn Joe hatte sich soeben wieder an die Spitze gesetzt und lief entschlossenen Schrittes los.

Dick blickte ihr wie in Trance hinterher.

Julian holte tief Luft. Für einen Moment wurde ihm schwindelig, aber er wollte sich keine Blöße geben. So als großer Bruder.

Er konzentrierte sich auf die Fersen von Dick, der vor ihm lief, und stapfte ihm hinterher. Immer bergauf. Schnell begann er, heftig zu schnaufen.

Als er die Hand hob, um nach dem Schultergurt seines Rucksacks zu greifen, durchzuckte ein heftiger Schmerz sein Handgelenk. Erschrocken erkannte

Julian, dass es bereits stark angeschwollen und feuerrot war.

Endlich hatten sie die Spitze der Anhöhe erreicht und Julian ließ sich auf einer großen Wurzel nieder. Für einen Moment musste er die Augen schließen. Der Schwindel war wieder da.

»Hey, was ist das denn?« Dick stieß ihn an.

Julian öffnete die Augen und sah, dass Dick auf sein Handgelenk zeigte.

In einem Reflex zog Julian die Hand hinter den Rücken. »Ach, nichts.«

Julian blickte in die Runde. Auch die anderen schienen inzwischen ziemlich erschöpft zu sein. Also war das wohl nichts Beunruhigendes, dass es ihm ebenso erging. Es war halt nicht sein Tag.

Und dann sprach Joe die erlösenden Worte. »Wir sollten uns einen Platz suchen, wo wir unser Nachtlager aufschlagen können. Es wird nämlich gleich dunkel. Und das geht hier ratzfatz. Als würde einer einen Schalter umlegen.«

Dick erklärte ihnen, dass das an der Nähe zum Äquator läge, aber die anderen interessierte das nicht besonders. Sie fanden Joes Plan gut und machten sich auf die Suche nach einem geeigneten Platz.

Julian raffte sich mit Mühe auf und folgte der Gruppe als Letzter.

Dieser verdammte Schwindel, dachte er. Warum muss das auch so schwül sein!

Zum Glück dauerte es nicht lange, bis Joe eine kleine ebene Fläche entdeckte, die nach einer Seite offen, auf der andern Seite aber durch eine niedrige Felswand geschützt war.

Julian war froh, dass George und Dick sich freiwillig dazu bereit erklärten, sich um das Lagerfeuer zu kümmern – eine Möglichkeit mehr für Dick, Joe zu demonstrieren, was er alles draufhatte. Dass Anne gern dafür sorgen wollte, dass sie nun alle etwas in den Magen bekamen, war klar. Das war ihr Ding!

Niemand schien etwas dagegen einzuwenden zu haben, dass Julian sich einfach nur in seine Decke wickelte, sich ausruhte und abwartete.

Denn genau wie Joe es angekündigt hatte, wurde es von jetzt auf gleich dunkel.

Aber da war das Feuer schon entfacht und die Flammen züngelten tanzend Richtung Himmel.

Es war ein gutes Gefühl, zu wissen, dass Timmy mit seinem guten Gehör und seinem super Geruchssinn sie bewachte. Er saß etwas abseits und blickte in die Dunkelheit. Und als ob er bestätigen wollte, dass er sich bewusst war, welche Aufgabe ihm übertragen worden war, schickte er ein lautes »Wuff-Wuff« in die Nacht.

»Pst!«, machte George und kicherte. »Du verrätst uns noch.«

Da konnten Joe und die Freunde noch nicht wissen, dass Nick und Cassi und ihr Kakadu ihnen tatsächlich noch immer auf den Fersen waren … Wenngleich sie ein wenig gehandicapt waren, denn Nick hatte vergessen, eine Taschenlampe einzupacken, und so strauchelten sie durch den düsteren Dschungel. Erst als Cassi mit voller Wucht mit dem Kopf gegen einen Ast stieß, entschieden sie, zu rasten.

Ein Glück für Joe und die Freunde.

Gedankenversunken blickte Anne auf den Kompass, den sie wie ein rohes, zu beschützendes Ei in den Händen hielt. »Wann wissen wir eigentlich, dass wir die Stelle erreicht haben, wo der Schatz vergraben ist?«, fragte sie Joe.

Doch Dick gab ihr keine Gelegenheit, zu antworten, und plapperte munter drauflos. Das hier war wieder eine prima Gelegenheit, mit seinem Wissen aufzutrumpfen! »Wenn der Schatz das physikalische Gravitationsfeld dieses Kompasses bildet, dann kommt es, je näher wir dem Schatz kommen, zu immer stärkerer atypischer Zirkulation.«

Anne glotzte Dick an, als hätte er in einer sehr fremden Sprache gesprochen. »Kannst du dich mal weniger kroptisch ausdrücken?«

»Kryptisch heißt das«, verbesserte Dick seine Schwester, doch bevor er weiterreden konnte, fiel Joe ihm lachend ins Wort.

»Also wir wissen, dass wir über dem Schatz stehen, wenn sich die Nadel des Kompasses nur noch im Kreis dreht«, erklärte sie Anne.

Anne nickte ihr dankbar zu. Jetzt hatte sie es verstanden.

»Der Schatz ist sicherlich ein Vermögen wert«, mutmaßte Dick.

Joe wurde nachdenklich. »Hoffentlich ist es genug, dass mein Anteil reicht, um damit die Schulden bei Mr Haynes zu begleichen«, sagte sie leise.

»Und mit unserem Anteil«, fügte George hinzu. Die anderen nickten ihr zustimmend zu.

Joe sah auf und blickte sie verwirrt an. Sie verstand nicht recht, was George da eben gesagt hatte.

George erkannte Joes Verwirrung und erklärte: »Na, wir brauchen doch den Schatz nicht! Wir haben doch alles.«

Jetzt bellte auch Timmy. Wollte Joe das denn nicht verstehen?

Sie starrte die Freunde noch immer verständnislos an.

Dick ging vor Joe in die Hocke. »Der Schatz, der gehört dir. Dir und deinem Dorf.«

Jetzt endlich begriff Joe, was die Freunde ihr versuchten klarzumachen. Sie lächelte verlegen, spürte trotz der Hitze, die das Feuer ausstrahlte, wie ihr die Röte ins Gesicht stieg, und brauchte einen Moment, bis sie ihre Sprache wiederfand. »Ihr seid echt in Ordnung.«

Dick, der immer noch vor ihr hockte, war hin und weg. Solche Worte aus Joes Mund! Für den Bruchteil einer Sekunde trafen sich ihre Blicke und ein Lächeln huschte über ihre Gesichter.

Joes Lächeln wurde zu einem breiten Grinsen. »Also, für so ein paar Touris jedenfalls.«

Dick boxte ihr kameradschaftlich gegen die Schulter. Dann hörte er Julius sagen: »Ich fühle mich irgendwie nicht so gut, Leute. Ich glaube, ich lege mich schon mal hin. Ist das okay für euch?«

Trotz der Dunkelheit erkannte Anne, wie blass Julian war und dass ihm dicke Schweißtropfen auf der Stirn standen. »Kann ich irgendwas für dich tun?«, fragte sie besorgt.

»Nein, nein«, versicherte Julian. »Ich schlafe jetzt. Morgen geht es mir bestimmt wieder besser.«

Die anderen sahen ihm nach, als er sich zu seinem Schlafplatz verzog. Sie waren ein wenig erstaunt, denn eigentlich war es gar nicht seine Art, sich als Erster zu verabschieden.

Aber Joe meinte, es sei besser, wenn sie nun alle schlafen gingen. »Schließlich müssen wir morgen bei Tagesanbruch weiter und sollten ausgeschlafen sein.«

Dass es für sie keine bequeme und schlafreiche Nacht werden würde, war ihnen klar. Aber wenn es darum ging, hätten sie auch im Hotel bleiben und Joe und ihre Dorfgemeinschaft ihrem Schicksal überlassen können. Aber das wäre nicht infrage gekommen.

Blieb noch die Frage der Nachtwache zu klären.

»Das machen wir abwechselnd«, schlug George vor. »Ich und Timmy könnten anfangen.«

Timmy setzte sich ganz gerade hin und hob eine

Pfote, weil er verstanden hatte, dass es auch um ihn ging.

Joe lachte.

»Lass mich das mal machen«, sagte sie zu George. »Ich werde eh nicht schlafen können. Ich bin viel zu aufgeregt.«

Sie hatte kaum die letzte Silbe gesprochen, da rief Dick wie aus der Pistole geschossen: »Dann halte ich mit dir Wache. Dann brauchst du das nicht allein zu machen.«

Anne und George verdrehten die Augen. Dick, dieser Gockel! Und als Joe sich damit einverstanden erklärte, konnten sie an seinem Gesichtsausdruck ablesen, dass er gerade das glücklichste Lebewesen dieses Dschungels war.

Bald darauf hatte Anne sich in ihre Decke gekuschelt und freute sich, dass Timmy sich zu ihr gelegt hatte. Das gab ihr ein Gefühl von Sicherheit und außerdem war er so schön flauschig!

Sie horchte auf die Geräusche des Dschungels, die jetzt, da es dunkel war, andere waren als am Tag. Außerdem waren sie jetzt intensiver. Die Tropfen, die von einem Blatt auf ein anderes tropften, kleine Tiere, die durch das Dickicht schlichen, Rufe von Vögeln, die sie sicher noch nie zuvor gesehen hatte. Anne rückte noch dichter an Timmy heran und horchte auf Georges regelmäßiges Atmen.

Schläfrig wandte Anne den Blick Julian zu, der ein

Stück von ihr entfernt lag. Er schlief unruhig und im Mondlicht sah sie den Schweiß auf seiner Stirn glänzen.

Hoffentlich geht es ihm morgen wieder gut, dachte Anne.

Joe und Dick hatten sich dort, wo der Platz sich zum Dschungel hin öffnete, an den Rand des Nachtlagers gesetzt, mit dem Rücken zum Feuer, damit die Augen sich besser an die Dunkelheit gewöhnten und durch die hellen Flammen nicht irritiert wurden.

Schweigend starrten sie in den dichten Urwald, der vom Mondlicht sphärisch glänzte.

Wie ein Zauberwald, dachte Joe, aber sie behielt den Gedanken für sich. Es war ein seltsames Gefühl, dass Dick neben ihr saß. Es war schön und beruhigend und lästig zugleich. Dick wusste offenbar nicht, was er mit ihr reden sollte, und hielt deswegen den Mund. Darüber war Joe froh. Es war besser, einfach so beieinanderzusitzen und den Gedanken nachzuhängen …

Es wunderte Joe nicht im Geringsten, als Dick schon bald schlafend zur Seite kippte – wobei er nicht einmal aufwachte.

Joe schenkte ihm ein mildes Lächeln und wünschte sich, sie selbst könnte in diesem Gefühlschaos auch solch eine tiefe Entspannung finden.

Aber es ging um das Schicksal ihres Dorfes!

Amüsiert beobachtete sie, wie Dick im Traum offenbar das Abenteuer seines Lebens durchlebte. »Ah, wilde Tiere!«, stöhnte er und reckte im Schlaf die Fäuste in die Luft, um unsichtbare Gegner außer Gefecht zu setzen. »Ein Mann geht seinen Weg … Dick Kirrin. Hab keine Angst, Joe, ich werde dich retten …«

Dann stellte Joe fest, dass Dick sie offenbar erfolgreich verteidigt haben musste, denn er verstummte und schlummerte friedlich weiter.

Sie langte nach der Decke, die er weggestrampelt hatte, und deckte ihn zu.

Du hast es gut, Dick, dachte sie bei sich. Schlaf gut.

Kapitel 7

Was mochte der neue Tag wohl bringen? Gähnend reckte George die Glieder, kroch verschlafen aus ihrer Decke und ließ den Blick über das wunderbare Paradies wandern. Langsam gab der Morgennebel den Blick frei auf die riesigen Bäume, von denen die Geräusche des Urwalds herüberdrangen. Auch George musste feststellen, dass es hier viel leiser war, als sie es sich vorgestellt hatte. In ihrer Fantasie war der Dschungel immer erfüllt gewesen von Affengekreische und Vogelrufen.

Dennoch musste da ein Geräusch zu ihnen herübergedrungen sein, das sie selbst überhört hatte. Timmy aber hatte es beunruhigt.

Der Hund ging in Hab-Acht-Stellung, das Nackenfell gesträubt, und knurrte lautlos, so als wollte er sagen: Es droht Gefahr, aber ich bin leise, um uns nicht zu verraten.

Im selben Augenblick war George klar, dass es jetzt

nicht die Zeit war, dieses Naturschauspiel zu bewundern. Sie musste die anderen wecken, und zwar schnell!

»Alles gut, Timmy, ich habe dich verstanden«, flüsterte George, während sie die Hand über den Rücken des Hundes gleiten ließ. Und da hörte sie es auch: ein verräterisches Knacken!

Kurz darauf hatten sie ihr Lager geräumt.

Eilig hasteten sie den Pfad weiter. Im Laufen schulterten sie ihre Rucksäcke. Es ging ein wenig bergan. Bald schon kamen sie außer Puste. Jetzt kam es darauf an, möglichst schnell viel Distanz zu ihrem Nachtlager zu gewinnen, denn dort würden sich die Verfolger sicher einen Moment aufhalten.

Plötzlich hallte erneut ein Schrei durch den Dschungel. »Auaaaaa!«

Einen kurzen Augenblick blieben die Freunde und Joe stehen und blickten sich um. George bog einen Zweig zur Seite und konnte einen vagen Blick auf das Lager erhaschen, das ein gutes Stück unterhalb von ihnen lag.

»Das gibt's doch gar nicht!«, zischte sie. »Wie blöd kann man sein? Dieser Nick hat doch tatsächlich den Finger in die Glut gesteckt, um zu kontrollieren, ob sie noch heiß ist!«

»Ganz so blöd können sie nicht sein«, stellte Joe fest und winkte den anderen, ihr zu folgen. Sie mussten weiter! »Immerhin haben sie uns schon wieder gefunden, obwohl wir sie abgehängt hatten.«

»Die wissen immer, wo wir sind. Wie kann das sein?«, erwiderte George nachdenklich und krachte plötzlich in Dick, der abrupt stehen geblieben war.

»Was ist los?«, fragte Anne, die rückwärts weiterlief.

Dick schien für einen kurzen Moment in Gedanken versunken. Ihm war da brandheiß etwas eingefallen. Wie war das noch am Morgen am Hotelstrand gewesen? Dieser Nick kam angejoggt und … »Bleib mal stehen!«, rief Dick aufgeregt und eilte zu Anne hinüber. Er packte sie bei den Schultern und drehte sie um. Ein genauer Blick auf den Rucksack reichte ihm. »Dachte ich's mir doch!«

Dick fasste auf den Rucksack und riss etwas herunter.

»He!«, protestierte Anne, die dachte, Dick hätte einen ihrer mit großem Fleiß gesammelten Buttons abgerissen. Aber er hielt etwas anderes zwischen den Fingern. Eine kleine Stoffblume. Doch es war offenbar keine gewöhnliche Stoffblume.

»Was ist das?«, fragte Anne.

Dick machte ein wichtiges Gesicht und hielt das kleine Teil in die Höhe, damit sie alle es sehen konnten. »Ein SXC 67.«

Anne zog die Augenbrauen hoch. »Ein … was?«

»Ein SXC 67«, wiederholte Dick, als ob Anne dann besser verstehen könnte, um was es sich handelte. »Ein Peilsender«, erklärte er nach einer kleinen Kunstpause.

Anne senkte den Blick. Sie hatte ein schlechtes Gewissen. Sie hätte das Teil zwischen ihren Glitzerbuttons doch entdecken müssen. Es steckte an *ihrem* Rucksack!

»Mist«, fluchte Julian, dem die Nachtruhe zwar geholfen hatte, aber so wirklich fit fühlte er sich dennoch nicht. »Und jetzt?«

Joe hob den Blick zum Himmel, als wollte sie ein Stoßgebet hinaufschicken. »Moment mal«, sagte sie und wickelte das Lederband ab, das sie ums Handgelenk trug …

Sie nahm Dick den kleinen Sender aus der Hand und steckte ihn daran fest.

Die anderen sahen ihr erstaunt zu. Was hatte sie vor?

»Aber wenn wir den hier irgendwo zurücklassen, merken die, dass er sich nicht mehr bewegt, und …«, wandte George ein.

Aber davon unbeeindruckt fragte Joe: »Anne, hast du noch ein paar von den Nüssen?«

Anne schob die Hand in die Hosentasche und holte eine Handvoll Nüsse heraus.

Die Freunde staunten nicht schlecht, als Joe seltsame Keckerlaute von sich gab, und noch mehr staunten sie, als plötzlich mehrere kleine Gibbons kamen, um sich über die Nüsse herzumachen!

Und ehe es sichs versah, hatte eines der Äffchen den Sender um den Hals! Als die Mahlzeit beendet war, klatschte Joe in die Hände, und die kleinen Affen flitzten kreischend davon und hangelten sich geschickt hinauf in die Baumkronen.

»Und tschüs!«, rief Joe ihnen nach und winkte.

»Der Plan ist genial!«, rief Dick anerkennend.

»Hoffen wir nur, dass der kleine Fratz nicht irgendwo damit hängen bleibt«, sagte Anne sorgenvoll.

George legte ihr die Hand auf die Schulter. »Anne, unsere kleine Bedenkenträgerin.«

»Jetzt können wir es auf jeden Fall etwas langsamer angehen lassen«, stellte Anne mit einem besorgten Blick auf ihren großen Bruder fest, als sie sich gerade an einer Felswand entlangtasteten. Ihr war nicht entgangen, dass Julian irgendwie wackelig auf den Füßen war. »Wenn wir eine Pause machen sollen, sag Bescheid, Julian.«

Der wischte sich den Schweiß aus dem Gesicht. »Geht schon.«

»Brauchen wir eh nicht«, sagte George plötzlich und senkte den Blick auf den Kompass.

Der lag in ihren Händen wie in einem Vogelnest, während die Nadel unruhig zuckte, mal nach links, mal nach rechts.

»Ich glaube …«, begann George und machte vorsichtig einige Schritte in Richtung Felswand, vor der wie eine zerfetzte Gardine einige Lianen herabhingen. Und auf einmal begann die Nadel, sich wild im Kreis zu drehen.

»… wir sind da!«, vollendete Joe den Satz.

»Hier?« Anne schaute sich ungläubig um. »Hier ist doch gar nichts.«

»Puh! Ehrlich gesagt bin ich froh, dass wir nicht mehr weitermüssen«, gab Dick zu, lehnte sich erschöpft gegen die Felswand und war plötzlich hinter dem Vorhang aus Lianen verschwunden!

»Dick!« Mit einem Satz war George da und schob die Lianen auseinander. Da lag Dick mit schmerzverzerrtem Gesicht auf dem Boden eines schmalen Höhlengangs. Hier war Menschenhand am Werk gewesen, so viel war klar, denn der Gang war künstlich angelegt und mit dicken Holzpfeilern abgestützt worden. Doch das lag sicher schon lange zurück, wie George feststellte, denn die Balken waren alt und verwittert.

Dick zu ihren Füßen jammerte. Sie wollte gerade die Hand ausstrecken, um ihm aufzuhelfen, da erblickte Dick Joe, die hinter George auftauchte, und rappelte sich allein auf. Amüsiert beobachtete George, wie er sich zusammenriss und sich nichts anmerken ließ.

»Nicht schlecht, Dick!«, lobte Joe.

Dick schenkte ihr ein schiefes Grinsen und antwortete lässig: »Man tut, was man kann.«

Aber Timmy ließ Joe und den Freunden keine Zeit zum Durchatmen. Er bellte aufgeregt und rannte hinein in den düsteren Tunnel.

Anne lief ganz am Ende der Gruppe. Ihr waren solche Abenteuer, die ins Unbekannte führten, nicht geheuer. Nur zögernd setzte sie einen Fuß vor den anderen.

Doch der Gang war kürzer, als sie befürchtet hatte,

und schon nach einigen Metern fanden sie sich in einer Art Halle wieder. »Wow!«

Der Boden war in diesem Bereich mit Kieselsteinen bedeckt.

»Seht euch das an, Leute!« Joe ließ sich auf die Knie nieder und setzte den Kompass ab. Im Schein der Taschenlampen drehte die Nadel nun total durch und sirrte herum, dass es einem beim Zugucken schwindelig wurde.

»Unter uns muss der Schatz vergraben sein«, verkündete George feierlich.

Sofort ließen auch George, Dick und Anne sich auf die Knie nieder und fingen an zu graben. Und auch Timmy hatte seinen Spaß und buddelte wie ein Wilder, dass der Kies nur so durch die Gegend flog. So was gefiel ihm!

Nur Julian hielt sich zurück. Er lehnte sich an die Felswand, schloss erschöpft die Augen und spürte, wie die von Timmy weggefegten Steinchen an seinem Kopf vorbeischossen.

Irgendwann hatten Joe und die Freunde alle möglichen Hilfsmittel aus den Rucksäcken geholt, die ihnen das Graben erleichtern sollten, Teller und Schüsselchen aus Blech und sogar Löffel, und hatten sich weiter eifrig an die Arbeit gemacht. Munter durcheinanderplaudernd kamen sie Zentimeter für Zentimeter voran.

Doch sie wurden immer schweigsamer, und nachdem sie schon ein gutes Stück Boden ausgehoben und den

Schatz immer noch nicht gefunden hatten, verließen sie die Kräfte. Erschöpft ließen sie sich zu Boden sinken.

Anne pfefferte ihre kleine Schüssel in den Kies und zog eine Schnute. »Ich kann nicht mehr.«

Sogar Dick machte eine verzweifelte Miene. »Das gibt es doch gar nicht …«

George stützte das Kinn auf die Knie. »Was ist, wenn es diesen Schatz überhaupt nicht gibt? Vielleicht haben wir uns schlicht hinters Licht führen lassen.«

Aber das wollte Joe nicht hören. Als Einzige buddelte sie verbissen weiter. »Natürlich gibt es den! Irgendwo hier hat One-Arm-Tedd ihn versteckt.«

In all ihrem Eifer bemerkte keiner, dass Julian immer stiller geworden war. Inzwischen ging sein Atem schwer und er konnte sich nur mit Mühe wach halten.

Aber auch Dick war schweigsam geworden. Ihm ging etwas durch den Kopf, Worte, die der alte Dang Song gemurmelt hatte … *Etwas Wertvolles in etwas Wertlosem verstecken …*

»Was redest du da?«, fragte George.

Auch Joe horchte auf und hielt mitten in der Bewegung inne. Sie starrte Dick an. »Dick, du bist genial!«

Ja, genau das hatte er hören wollen. Und das aus Joes Mund! Er fühlte sich geschmeichelt und lächelte Joe an. »Du auch …«, sagte er leise.

Joe kletterte aus dem Loch und griff nach einem der Kieselsteine. Einen Moment wog sie ihn nachdenklich in der Hand. Sollte das wirklich…? »One-Arm-Tedd! Natürlich! Das Schlitzohr. Um sein Gold zu schützen, hat er es in wertlos aussehende Steine verwandelt. Kies, den gibt's wie Sand am Meer.«

Joe machte einen Schritt auf die Felswand zu und begann, den Stein daran zu reiben. Die Abriebstelle funkelte golden!

Joe hielt den anderen die Stelle entgegen, damit sie es auch wirklich glaubten.

Drei Augenpaare strahlten sie begeistert an und Timmy bellte und begann aufgeregt herumzuspringen.

George, Dick und Anne schnappten sich weitere Steine und rieben sie an den Felsen. Ein Stein nach dem anderen begann zu glänzen. Sie konnten es kaum fassen!

»Wir haben ihn gefunden!«, rief Dick, wobei seine Stimme sich vor Freude beinahe überschlug. »Wir haben ihn tatsächlich gefunden!«

Joe sprang herbei. »Wahnsinn!« Und ehe sie sichs versahen, umarmten sich Dick und Joe und… plötzlich hielt Joe inne. Drei Augenpaare hatten sie angefunkelt!

Julian hatten sie in ihrer Euphorie vollkommen vergessen.

Abrupt drehte sich Joe zu ihm um, gerade in dem Moment, als er zusammensackte.

Anne war sofort an seiner Seite. »Julian!«

George legte ihm die Hand auf die schweißnasse

Stirn. Er glühte wie vorhin die Holzkohle an ihrer Feuerstelle. »Julian, was ist mit dir?«

Julian konnte kaum sprechen. George hielt das Ohr nahe an seinen Mund. »Mir ist irgendwie …«

»Ach du Sch…!« Dick ließ sich auf die Knie nieder und hob vorsichtig Julians angeschwollenes Handgelenk an. »Seht euch das an.«

Mit Sorge sahen sie die entzündete Stelle und erkannten, dass von dort ein roter Strich den Arm hinauflief. Er war bereits bis über den Ellenbogen zu sehen!

Anne schlug sich die Hand vor den Mund. »Oh Gott, was ist das denn?«

Joe betrachtete das Handgelenk aus der Nähe. »Das ist ein Biss!«

Dick mochte es nicht glauben. »Ein Biss? Julian, aber, was hat dich denn da gebissen?«

George neigte sich weiter vor. Julians Stimme war jetzt kaum noch zu hören. Seine Lippen versuchten Worte zu formen, aber an Georges verzweifelter Miene konnten die anderen bereits ablesen, dass sie ihn nicht verstehen konnte.

Doch Joe war im selben Moment bewusst, was geschehen war. »Der Schwarze Waldläufer!«

Alle fuhren herum und sahen Joe eschrocken an. Anne ließ Julians Hand nicht los, als würde sie dann Gefahr laufen, ihn zu verlieren.

»Was?«, rief Dick. »Bist du dir sicher?«

Joe nickte besorgt. »Ja, ich kenne die Symptome.«

»Dann müssen wir ihn sofort in ein Krankenhaus bringen!«, rief Anne.

Joe holte tief Luft, als wollte sie etwas sagen. Aber mit Blick auf Anne entschied sie sich anders. Unschlüssig, wie sie sich verhalten sollte, stand sie schließlich auf und stellte sich ein wenig abseits.

Wie sie gehofft hatte, kamen ihr Dick und George nach, während Anne ihrem großen Bruder nicht von der Seite wich.

»Hört zu«, flüsterte Joe. »Er wird es nicht schaffen bis zum Krankenhaus. Keine Chance!«

Entsetzt starrten George und Dick sie an. Nervös rieb George die Handflächen an ihrem karierten Hemd. Was sollte das heißen?

»Wir brauchen das Gegenmittel«, erklärte Joe.

»Na super!« George hob die Arme zu einer Geste der Hilflosigkeit. »Und wo sollen wir das herkriegen? Wir sind hier mitten im Nirgendwo!«

Aber Joe wusste Rat. »Wir müssen zur Pandala-Schlucht«, flüsterte sie. »Da wächst die Gato-Beere. Das ist das Einzige, was ihn jetzt noch retten kann.«

Dick kramte in seinem Gedächtnis, ob er von der Gato-Beere schon einmal gehört hatte. Aber er rief sich selbst zur Ordnung. Das war doch jetzt völlig egal!

»Dann los!«, zischte George. »Worauf warten wir?«

Die drei gingen zurück zu Julian und Anne und hockten sich zu ihnen.

Dick legte seinem Bruder die Hand auf die Schulter. »Du bleibst ganz ruhig liegen, großer Bruder. Das ist keine Bitte, das ist ein Befehl. Klar?« Dick versuchte spaßig zu klingen, was ihm nur schwer gelingen wollte.

Joe wandte sich an Anne und sagte im Flüsterton: »Leg seine Beine hoch, ja? Und gib ihm reichlich zu trinken. Das ist wichtig.«

Anne nickte. Sie hatte verstanden, dass es jetzt vor allem auch auf sie ankam. »Ja, kann ich sonst noch was tun?«

»Ja.« Joes Gesichtsausdruck wurde sehr ernst und sie blickte Anne direkt in die Augen. »Halt ihn wach. Dein Bruder darf auf keinen Fall einschlafen, hast du das verstanden?«

Anne spürte, wie ihr das Blut in den Schläfen pochte. Sie hatte Angst, aber sie musste mutig sein. Sie musste! »Ja, verstanden.«

George zeigte auf Julians Handgelenk. Der rote Strich war schon wieder ein Stück weitergekrochen. Weit über den Ellenbogen. »Was ist das für ein Strich?«

Joe schluckte. »Wenn er das Herz erreicht, dann …«

Sie brauchte nicht weiterzusprechen. Die anderen hatten begriffen, was das bedeutete.

Blutvergiftung. Das Wort blinkte wie ein Leuchtsignal in Dicks Gehirn auf. Aber er sprach es nicht aus.

Joe erhob sich. »Wir müssen los.«

Dick nahm Julians Gesicht in seine Hände. »Mach keinen Unsinn, Großer, hörst du?«

Julian rang sich ein schwaches Lächeln ab. »Ich versuch's.« Seine Worte waren kaum zu hören.

Und auch Timmy war bewusst, wie es um Julian stand. Hunde hatten dafür ein besonders gutes Gespür. Behutsam schleckte er Julian am Ohr. Dann rannte er Joe, Dick und George hinterher, die bereits durch den Lianenvorhang verschwunden waren.

Anne spürte, wie ihr die Tränen über das Gesicht liefen.

Entschlossen wischte sie sie mit dem Handrücken fort. Sie musste jetzt stark sein, da war für Tränen kein Platz. Die konnten später kommen.

Kapitel 8

»Und du weißt wirklich, wo wir langmüssen?«, keuchte Dick und eilte Joe hinterher, die sich nun schon eine Weile an der Spitze der kleinen Gruppe durch das Dickicht kämpfte. Dabei hoffte Dick, dass Joe nun nicht den Eindruck bekam, er würde ihr nicht vertrauen. »Ich meine … natürlich kennst du den Weg, aber … wo ist sie denn genau, diese Pandala-Schlucht?«

»Jetzt ist nicht der Moment für Erklärungen!«, rief Joe außer Atem über die Schulter. »Schneller. Julian bleibt nicht viel Zeit!«

Es ist verhext, dachte George. Nun haben wir zwar dieses elendige Verfolgerpärchen abgehängt, dafür sitzt uns die Zeit im Nacken und zwar schlimmer, als jeder menschliche Verfolger es je könnte. Es ging um Leben und Tod. Um Julians Leben!

George, Dick und Joe hatten alle Antennen darauf ausgerichtet, rasch voranzukommen, nicht zu straucheln, keinen Fehltritt zu machen, sodass sie nicht bemerkten, dass sie einen Begleiter bekommen hatten.

Über ihnen im Baum saß Hugo, der sprechende Kakadu und nahm die Kinder ins Visier. Nicht einmal Timmy hatte ihn bemerkt, denn das Flattern seiner Flügel klang wie der Flügelschlag all der anderen Vögel, die sich in den Baumkronen tummelten.

Hugo breitete die Schwingen aus und flatterte krächzend davon. »Super-Hugo!«, hallte es durch den Urwald.

Doch die Gedanken der Kinder waren ganz woanders. Sie waren bei Julian und Anne.

Anne tat ihr Bestes, ihren Bruder zu versorgen. Mit etwas Wasser aus der Feldflasche tränkte sie ein T-Shirt, das sie aus einem der Rucksäcke gezogen hatte – aus welchem, war ihr jetzt völlig egal –, und versuchte damit Julians Stirn zu kühlen. Er glühte!

»Geht es?«, fragte sie mit dünner Stimme, dabei wollte sie ihm gegenüber nicht zeigen, wie groß ihre eigene Angst war.

Julian nickte erschöpft.

Anne legte ihm den Arm in den Nacken und half ihm, sich ein wenig aufzurichten, damit er einen Schluck aus der Flasche nehmen konnte. Er musste trinken und abgelenkt werden, damit er nicht einschlief. Dabei sollte er sich möglichst nicht anstrengen. Anne wusste, dass das die Vergiftung nur beschleunigen würde, und wagte es kaum, einen Blick auf Julians Arm zu werfen, an dem der rote Strich schon wieder ein Stück weiter hinaufgekrochen war.

»Sie sind bestimmt bald wieder hier«, flüsterte Anne nahe an Julians Ohr. »Sie schaffen das, Julian!«

»Klar, sie haben ja Timmy dabei«, wisperte Julian beinahe stimmlos.

»Ja, genau«, antwortete Anne. »Sie haben Timmy dabei und Joe kennt sich aus.«

Wie wichtig die Tatsache war, dass sie Timmy dabeihatten, konnte Anne in diesem Moment nicht ahnen.

Denn als George, Dick und Joe die Pandala-Schlucht erreicht hatten, standen sie vor einem großen Problem. Ja, da leuchteten ihnen die Beeren, die Julian heilen konnten, an einem Busch schon von Weitem entgegen.

Doch zwischen ihnen und dem Busch klaffte eine breite Felsspalte!

»Verdammter Mist!«, fluchte Joe. Verzweifelt ließ sie den Blick umherwandern. Nein, auf dieser Seite der Schlucht waren keine Gato-Beeren-Büsche zu entdecken.

»Wir müssen da rüber!« George lief nervös auf und ab, als erhoffte sie, eine Stelle zu finden, an der die Schlucht schmaler war.

»Wir machen das, was Julian machen würde«, sagte Dick entschlossen. »Wir nehmen Anlauf und springen über diese verdammte Schlucht!« Er schlug mit der Faust in die hohle Hand. »Und dann holen wir uns diese Beeren.«

Fast mitleidig blickten George und Joe ihn an.

Joe zeigte auf den tiefen Felsspalt. »Dick, das schaffen wir niemals. So weit kann man nicht mal eben einfach springen.«

Eigentlich war Dick das klar gewesen, aber er wollte doch etwas Positives sagen. Etwas, das ihnen Mut machte! »Ja, aber …«

George hatte derweil weiter nach einem Ausweg gesucht, oder vielmehr: nach einem Überweg.

»Hey, was haltet ihr davon?« George winkte sie aufgeregt zu sich. Sie hatte einen Baumstamm entdeckt, der quer über dem Abgrund lag!

Doch als sie dorthin gerannt waren, kam die Ernüchterung.

»Der trägt uns nie und nimmer«, stellte Dick enttäuscht fest, nachdem er vorsichtig einen Fuß daraufgesetzt hatte.

»Du hast recht.« Joe ließ den Kopf hängen. »Der ist total morsch.«

In diesem Moment begann Timmy aufgeregt zu kläffen.

»Vielleicht trägt er nicht uns«, sagte George da und sah zu Timmy hinunter, der auf einmal zu verstehen schien, was das bedeutete, und sofort von Bellen auf Winseln umstellte.

George ging in die Hocke und kraulte Timmy. »Aber ihn trägt der Stamm bestimmt.« Dann wurde ihre Stimme leiser. »Ich hoffe es …«

Jetzt hatte Timmy wirklich begriffen, was George von ihm wollte. Er zog den Schwanz ein und begann zu jaulen.

»Timmy«, sagte George ernst zu ihrem Hund. »Du bist unsere einzige Hoffnung. Du bist Julians einzige Hoffnung! Da drüben, da sind die Beeren, die er braucht …« George zeigte hinüber auf die andere Seite, auf den Gato-Beeren-Busch, an dem grellrot die kleinen Früchte leuchteten. »Timmy, hol die Beeren!«

Timmy duckte sich ängstlich und winselte erneut. Aber hatte er eine Wahl?

Keiner wagte, etwas zu sagen. Schweigend beobachteten Joe, Dick und George, wie der Hund zögerlich auf den Baumstamm zulief. Witternd hob er die Schnauze in die Luft. Konnte er diesem wackeligen Ding wirklich trauen?

Unter den angespannten Blicken der Kinder setzte er vorsichtig Pfote vor Pfote.

Dick hielt die Luft an, so als würde Timmy Gefahr laufen, das Gleichgewicht zu verlieren, wenn Dick weiteratmen würde.

Joe fixierte Timmy mit dem Blick. Wie gern hätte sie ihm das abgenommen! Aber sie konnte ihm nicht helfen. Bloß keine Geräusche machen, bloß keine Bewegung machen, dachte sie, nichts, was ihn ablenken könnte!

George hatte sich die Hände vor das Gesicht geschlagen. Sie konnte es nicht mitansehen. Sie würde es sich nie verzeihen, wenn Timmy etwas zustoßen würde. Aber sie hätte es sich auch nie verziehen, wenn sie nicht wenigstens auf diesem Wege probiert hätten, an die heilenden Beeren zu gelangen.

Vorsichtig spähte George durch die leicht gespreizten Finger. Noch hatte Timmy ein kleines Stück vor sich. Nein, sie ertrug es nicht. Sie schloss die Finger.

Plötzlich hörte sie Dick und Joe jubeln. »Timmy!«

George spürte ihr Herz rasen und nahm die Hände vom Gesicht. Er hatte es geschafft. Timmy stand auf der anderen Seite und kläffte stolz. »Bravo, Timmy!«, rief George. »Und jetzt hol die Beeren.«

Timmy rannte zu dem Busch, riss mit dem Maul einen Zweig ab, der vollhing mit den leuchtend roten Beeren, und kam zu dem Baumstamm zurück. Gerade wollte er die erste Pfote daraufsetzten, da hörten sie das Klicken einer Pistole, die entsichert wurde.

»Na, wen haben wir denn da?«, fragte Cassi.

Joe, George und Dick fuhren herum. Wo kamen die denn plötzlich wieder her? Wie hatten sie sie finden können?

»Füße hoch, ihr seid umzingelt!«, krächzte der nervige Kakadu und landete auf Nicks Schulter.

Der Mann drehte den Kopf in Richtung des Vogels. »Gut gemacht, Hugo.« Er steckte dem Kakadu eine Rosine zu.

George schluckte. Hugo? Hatte der verrückte Vogel sie etwa aufgespürt?

Timmy auf der anderen Seite bellte wie wild. Er konnte seine Menschen nicht beschützen!

»Der Köter sollte besser die Schnauze halten«, sagte Cassi. »Ich hab's nicht so mit nervigen Tieren.« Sie warf einen Blick auf Hugo, aber Nick schnallte das nicht.

»Sorg dafür, dass der Hund nicht zurückkann«, schnarrte Cassi im Befehlston und fuchtelte mit der Pistole vor Nicks Nase herum. Und als Nick nicht begriff, wie er das anstellen sollte, ging sie selbst auf den Baumstamm zu und schob diesen mit einem festen Tritt in den Abgrund.

George tauschte mit Dick und Joe verzweifelte Blicke. Es gab für Timmy keinen Rückweg!

Mit beiden Händen hielt Cassi die Waffe auf die Kinder gerichtet.

George hätte am liebsten gleichzeitig aus Angst geweint und aus Wut geschrien. Konnten diese Typen sie nicht einfach in Ruhe lassen?

»Los jetzt, führt uns zum Schatz. Abmarsch«, befahl Cassi. Sie machte mit der Pistole eine Seitenbewegung. »Wird's bald?«

Dick machte einen entschlossenen Schritt auf sie zu. »Aber mein Bruder braucht diese Beeren da drüben, sonst stirbt er«, versuchte er verzweifelt eine Erklärung.

»Ach so, ich verstehe.« Für einen Moment schien es, als wollte Cassi tatsächlich einlenken. Doch dann setzte sie ein süffisantes Grinsen auf. »Aber wenn euer Köter nicht fliegen kann, wird's wohl nichts mit den Beeren.«

George schnaubte vor Empörung. Hatten die denn überhaupt kein Herz? »Wir gehen hier nicht weg!«, fauchte sie. »Und außerdem ist Timmy kein *Köter*!«

»Ihr geht hier nicht weg?«, wiederholte Cassi. »Ach ja? Interessant.«

George war sich so mutig vorgekommen. Sie hätte es nicht gedacht. Nein, sie hätte nicht gedacht, dass diese Trulla tatsächlich Gebrauch von der Waffe machen würde. Aber sie tat es.

Begleitet von einem ohrenbetäubenden Knall feuerte sie einen Schuss ab. Alle zuckten zusammen, zogen instinktiv die Köpfe ein und sahen, wie die Kugel direkt vor ihren Füßen in den Boden drang.

Timmy auf der anderen Seite der Schlucht wurde wahnsinnig vor Sorge um seine Menschen. Das Flügelschlagen des Kakadus ging darin beinahe unter. »Auweia, auweia!«, krächzte der Vogel.

Den Kindern war nicht entgangen, dass auch Nick heftig zusammengezuckt war. Was hatte das zu bedeuten? Der Mann sagte so gar nichts!

»Der nächste Schuss trifft!«, kündigte Cassi mit rauer Stimme an. Sie packte George am Arm und schubste sie vor sich her. »Los jetzt!«

»Das darf doch alles nicht mehr wahr sein!«, zischte George und warf einen verzweifelten Blick über die Schulter. Da stand Timmy auf der anderen Seite der Schlucht. Er war ebenso verzweifelt, denn er konnte seinen Menschen nicht helfen!

Und was würde nun mit Julian geschehen?

Joe blickte zu Boden und biss sich auf die Lippen. Ich bin an allem schuld, dachte sie mit schlechtem Gewissen. Ich habe die anderen da mit reingezogen. Ich habe sie in Gefahr gebracht. Wie konnte ich nur so dumm sein? Und wie konnten wir damals so dumm sein und unser Schicksal in die Hände von Mr Haynes legen?

Die Gedanken fuhren in ihrem Kopf Karussell. Ihr wurde fast schwindelig.

Doch auch Anne verzweifelte mehr und mehr. »Wo bleibt ihr denn?«, flüsterte sie kaum hörbar mehr zu sich selbst.

Julians Schüttelfrost wurde immer stärker. Es gelang ihr kaum mehr, ihm Wasser einzuflößen. Vor lauter Zittern rann es ihm aus den Mundwinkeln, die Lippen hatte er kaum noch unter Kontrolle. »Du musst trinken, Julian«, flehte Anne. »Sie kommen bestimmt bald, dann wird alles gut.«

Julian versuchte, Wörter zu formen, und hauchte ein Danke.

»Aber wofür?«, fragte Anne und strengte sich an, nicht zu weinen.

Julians Händedruck war kaum spürbar. »Dass du da bist«, wisperte er.

Anne drückte ihren Bruder an sich. »Ist doch klar, Julian. Ist doch klar. Schlaf bitte, bitte nicht ein.«

Sie spürte, wie ihr eine Träne über die Wange lief.

Julian würde es ohnehin nicht mitkriegen.

In diesem Moment sackte Julians Kopf schwer zur Seite.

Erschrocken fuhr Anne hoch und tätschelte ihm die Wangen. »Nein, Julian! Du musst wach bleiben!«

Jetzt ließ sie den Tränen freien Lauf. »Julian, bleib bei mir! Bitte!«

Mit großer Anstrengung öffnete Julian die Augen.

Erleichtert schlang Anne die Arme um ihn und wiegte ihn wie ein kleines Kind, als sie plötzlich ein Rascheln wahrnahm.

»George? Dick?«, rief Anne. »Seid ihr das?«

Anne atmete auf, als sie ihren Bruder und ihre Cousine mit Joe durch den Lianenvorhang kommen sah.

»Endlich! Da seid ihr ja!«, rief sie. »Sein Puls ist schon ganz schwach! Er kann sich nicht mehr wach halten! Habt ihr die Beeren?«

Resigniert schüttelte Dick den Kopf. »Nein.«

»Aber warum nicht?« Annes Stimme kippte.

In diesem Moment traten Cassi und Nick in die Höhle.

»Weil ihnen was dazwischengekommen ist, Schätzchen«, sagte Cassi lässig. »Deswegen.«

Anne wollte nicht glauben, was sie da hörte und sah. Besorgt ließ sie den Blick von Julian zu Cassi und wieder zu Julian wandern. Der Frau schien total egal zu sein, was mit Julian geschah!

Hoffentlich bricht sie sich bei nächster Gelegenheit mit ihren High Heels alle Knochen!, dachte Anne.

Nick hatte indes die glänzenden Goldklumpen entdeckt, die noch immer auf dem Boden lagen, und seine Augen funkelten mit ihnen um die Wette. Gierig stürzte er darauf zu und hob sie auf. Völlig verzückt hielt er sie Cassi hin. »Sieh nur!«

George hatte nur ein verächtliches Grinsen für ihn übrig. Durchschaute dieser Hansel tatsächlich nicht, dass diese Cassi ihn nur für einen lächerlichen Wurm hielt?

»Der Schatz!« In Cassis Augen blitzten die Dollarzeichen auf. »Mein Ticket!«

Aha, dachte George. Da haben wir es wieder.

Aber Nick begriff das offensichtlich noch immer nicht. »Äh, du meinst unser Ticket.«

»Ja, natürlich«, erwiderte Cassi beiläufig. Dann trällerte sie: »Pa…Pa…Paris, ich komme!«

Sie drehte sich halb zu Nick um, der dabei war, hektisch die Goldklumpen in seinen Rucksack zu packen, während sie die Kinder mit der Waffe in Schach hielt. »Nun mach schon!«, trieb sie ihn an.

»Ja, ja.« Gierig ließ er die letzten Klumpen in den Sack fallen und zog ihn oben zu.

»Hast du's?«, fragte Cassi ungeduldig.

»Ja.« Nick schulterte den Rucksack und ging dabei leicht in die Knie. Mit schweren Schritten lief er auf den Ausgang zu.

»Tja, Kinder, das war's dann wohl«, sagte Cassi und lachte dreckig. »Vielleicht sehen wir uns ja irgendwann mal wieder.«

Sie hatte die Worte kaum ausgesprochen, als Joe plötzlich hervorsprang und sich auf Cassi stürzen wollte. Doch diese reagierte erstaunlich schnell und schubste Joe zu Boden.

Joe schürfte sich am Kies ordentlich die Hände auf und blieb mit schmerzverzerrtem Gesicht sitzen.

Cassi beugte sich zu ihr hinunter. »Und das mit deinem Dorf, Schätzchen, das tut mir wirklich… überhaupt nicht leid.«

Sie winkte lässig und stolzierte mit schwingenden Hüften zum Ausgang.

»Wir kriegen euch!«, brüllte George ihnen hinterher.

»Natürlich«, spottete Cassi, als sie durch den Lianenvorhang trat. »Lebt wohl.«

Bei den letzten Worten hatte ihre Stimme plötzlich so anders geklungen. Was hatte das zu bedeuten?

Doch Sekunden später war es ihnen klar. Während Dick, Joe, George und Anne sich besorgt über Julian beugten, hörten sie auf einmal ein ohrenbetäubendes Rumpeln.

Dick und Joe rannten zum Eingang. Cassi und Nick mussten die Stützbalken eingetreten haben. Der Eingang war von dicken Felsbrocken versperrt!

Wütend versuchte Dick, einen der großen Steine von der Stelle zu bewegen. Vergeblich.

»Verdammt!«, brüllte er. »Hier kommen wir nicht mehr raus!«

Anne, die zusammen mit George bei Julian geblieben war, starrte ihre Cousine entsetzt an. »Was machen wir denn jetzt? Und … Wo ist eigentlich Timmy?«

Kapitel 9

Wie konnten sie nur in solch eine aussichtslose Lage geraten? Voller Wut und Trauer griff George nach Julians Hand. Sie fühlte sich heiß an und war schweißnass. George konnte die Tränen nicht zurückhalten. Und da waren nicht nur die Sorgen um Julian. George hatte auch Angst um Timmy, dessen Schicksal ungewiss war. Würde er einen Weg hierher zurück finden? Und wenn er in die Schlucht stürzte? George versuchte, den Gedanken fortzuschieben. Nein, dafür war Timmy zu schlau!

Plötzlich hustete Julian.

George, Anne, Dick und Joe erschraken.

»Bitte bleib wach«, flehte Anne, als Julian kraftlos die Augen schloss.

Dick fasste seinen Bruder bei den Schultern und schüttelte ihn vorsichtig. Für einen kurzen Moment öffnete Julian die Augen. Dann sank er in sich zusammen. Sein Puls war kaum noch zu fühlen.

»Oh nein, seht ihr das?«, flüsterte Anne verzweifelt. Die rote Linie war nun den gesamten Arm hinaufgewandert.

Anne blickte die anderen ängstlich an. Sie wussten alle, was das zu bedeuten hatte.

»Wenn jetzt nicht ein Wunder geschieht…«, wisperte Joe mit tränenerstickter Stimme.

Ihre einzige Hoffnung lag in Timmy.

Und Timmy wusste, dass es auf ihn ankam. Er hatte die Szene genau beobachtet. Die drei waren nicht freiwillig mit diesem Mann und der Frau und dem komischen Vogel mitgegangen! Sie waren in Gefahr! Und außerdem brauchten sie die Beeren!

Aber da war dieser tiefe Abgrund! So einfach kam er da nicht rüber. Timmy schnüffelte, spähte über den Rand der Schlucht. Setzte sich. Schnüffelte wieder. Dann bellte er entschlossen.

Zuerst die Beeren!

Wo hatte er sie fallen gelassen? Aha, da!

Und jetzt durfte er keine Zeit mehr verlieren!

Ein gutes Stück entfernte er sich von der Schlucht. Da kam er nur mit viel, viel Schwung hinüber. Aber wofür war er denn ein Hund, der mit seinen vier Pfoten Fahrt aufnehmen konnte wie kaum ein anderer?

Unter Timmys Haut war jeder Muskel gespannt, jetzt kam es darauf an! Mit Riesensätzen jagte Timmy auf den Abgrund zu, schneller und immer schneller rannte er, dass ihm Gras und Erde um die Pfoten flogen und die Ohren flatterten.

Die Beeren hielt er sicher in der Schnauze.

Und dann setzte er zu einem gewaltigen Sprung an! Er flog und flog, doch die andere Seite der Schlucht schien noch so fern!

Timmy machte sich so lang er konnte und schoss wie ein Pfeil durch die Luft.

Endlich spürte er wieder Boden unter den Pfoten. Die Krallen gruben sich in den festen Lehm. Sein Herz trommelte wie wild, die Muskeln zitterten vor Anspannung.

Er hatte die andere Seite erreicht!

Doch keine Zeit zum Durchschnaufen. Sofort spurtete er los. Den Weg zur Höhle kannte er ja. Baumstämme, Steine, Wasserlachen, über all diese Hindernisse schwebte er förmlich hinweg!

Das Atmen fiel ihm etwas schwer, weil er die Beeren im Maul halten musste, aber er rannte tapfer weiter, bis er die Höhle erreicht hatte.

Aber was war das? Ein riesiger Haufen Felsbrocken lag da, wo vorhin noch der Eingang gewesen war.

Timmy winselte verzweifelt. Hatte er den Rückweg vergebens angetreten?

Nein, das konnte nicht sein. Intensiv begann Timmy zu schnüffeln. Da musste es doch einen anderen Weg geben … Er spitzte die Ohren. Er konnte leise die Stimmen der Kinder hören!

Ja, es gab also einen anderen Weg! Wie gut war es, ein Hund zu sein, wenn einen nicht nur die schnellen Pfoten durch den Urwald sausen ließen, sondern wenn man auch noch gute Ohren und eine gute Spürnase hatte, die einem den Weg wiesen. Das Loch, das er entdeckte, lag ein gutes Stück höher im Felsen. Es war eng, aber Timmy passte gut hindurch. Hilfe nahte!

Er betrat die Höhle auf einer Art Empore, einige Meter über den Köpfen der Kinder. Kurz legte Timmy die Beeren ab, um seine Ankunft mit einem lauten »Wuff!« kundzutun.

»Timmy!« George fuhr herum. Tränen der Erleichterung schossen ihr in die Augen, als sie ihren Hund dort oben stehen sah. Wie gern hätte sie ihm die Arme um den weichen Hals geschlungen. »Oh, Timmy, Gott sei Dank! Wie kommst du denn hier rein?«

Aber das war jetzt nebensächlich. Hauptsache, der Hund war unversehrt hierhergekommen. Und er hatte die Beeren mitgebracht!

Julians Puls war nämlich inzwischen nicht mehr fühlbar, und er hatte nicht mehr die Kraft, die Augen zu öffnen.

»Es muss dort oben also noch einen anderen Eingang geben«, sagte Dick und hob behutsam die Beeren auf, die Timmy hinuntergeworfen hatte.

Timmy bellte, als wollte er sagen: Na, wie hab ich das gemacht?

Anne wischte sich mit dem Handrücken die Tränen aus dem Gesicht. »Danke, Timmy. Danke, danke.«

Während Dick den Beerenzweig hielt, trennte Joe hastig einige davon ab. Sie kniete sich neben Julian und schob ihm vorsichtig eine nach der anderen in den Mund. Er durfte sich nicht verschlucken. Ob er überhaupt noch schlucken konnte? Ob es nicht vielleicht schon zu spät war?

»Da!«, rief Anne, als sie sah, dass sich seine Lippen langsam bewegten.

»Wasser«, zischte Joe, und Anne reichte ihr die Feldflasche.

Behutsam setzte Joe Julian die Flasche an den Mund und flößte ihm ein wenig Wasser ein. Er schluckte!

»Hoffentlich war es nicht zu spät«, flüsterte Joe, während sie den Blick nicht von Julian ließ.

Auch Timmy spürte die Anspannung und lief unruhig winselnd hin und her.

Sie warteten. Sie hofften. Sie horchten auf Julians Atmen. Keiner wagte etwas zu sagen.

George hielt die Anspannung kaum aus und lief genau wie Timmy unruhig hin und her. Dick knirschte mit den Zähnen und Anne rang die Hände.

Joe spürte, wie ihr der Schweiß über die Stirn lief, aber sie fühlte sich vor lauter Aufregung nicht in der Lage, ihn wegzuwischen.

Anne war es, die die Stille mit leiser Stimme durchbrach. »Meint ihr, es wirkt?«

»Ich hoffe es so sehr«, antwortete Joe leise.

Jetzt hielt Dick es nicht mehr aus. Er beugte sich tief zu seinem Bruder hinab, sodass seine Nasenspitze beinahe Julians berührte. »Julian, hörst du mich? Ich bin's, Dick! Jetzt lass mich nicht hängen, hörst du? Ich brauche dich doch. Du bist doch mein großer Bruder!«

Er hielt einen Moment inne und musste schlucken. Die anderen sahen ihn gerührt an. Dass Dick seinem Bruder gegenüber so ehrlich seine Gefühle offenbarte, bewegte sie. Aber dies war sicher der richtige Moment dafür.

Dick schürzte die Lippen und sprach dann weiter: »Ich weiß, ich geh dir öfter auch mal auf die Nerven …« Traurig legte Dick den Arm auf Julians Brustkorb und vergrub das Gesicht in der Armbeuge.

Plötzlich war ein leises »Stimmt« zu hören.

Verdutzt richteten die Freunde ihre Blicke auf Julian. Hatte er tatsächlich gesprochen?

In diesem Moment öffnete Julian langsam die Augen. »Wo bin ich?«, wisperte er.

George wusste nicht, ob sie vor Erleichterung lachen oder weinen sollte. Also tat sie beides auf einmal. »Bei uns, Julian.«

»Du bist bei uns«, wiederholte Dick. Auch ihm standen die Tränen in den Augen.

Als Julian wieder die Lippen bewegte, hielten alle die Luft an, damit sie seine schwache Stimme hören konnten.

»Das ist gut, oder?«, murmelte er.

Auf einmal mussten sie alle lachen. Wie ein riesiger Felsbrocken fiel die Sorge um Julians Leben von ihnen ab. Plötzlich fühlten sie sich leicht und froh.

Dick legte seinem Bruder, der nun wieder vor Erschöpfung die Augen schließen musste, die Hand auf die Schulter. »Ja, Julian, das ist es.«

Julian brauchte noch eine Weile Ruhe, um wieder so weit zu Kräften zu kommen, dass er aufstehen konnte. Den anderen war klar, dass Nick und Cassi und ihr schräger Kakadu längst über alle Berge waren, wenn sie hier aus der Höhle herauskamen.

Aber das spielte jetzt keine Rolle. Julian hatte überlebt und kam wieder auf die Beine. Das war die Hauptsache.

Die Freunde und Joe erzählten Julian abwechselnd, was geschehen war, während er im Fieber lag. Von der gefährlichen Schlucht berichteten sie und den Beeren. Wie sie von Nick und Cassi überwältigt worden waren, weil ihr Späher Hugo sie entdeckt hatte. Wie sie Timmy zurücklassen mussten und schließlich in der Höhle eingesperrt worden waren, während sich das Ganovenpärchen mit den Goldklumpen aus dem Staub gemacht hatte.

Und dann ihre Sorge um Julian, der sein Leben dem tapferen Timmy zu verdanken hatte.

»Das war ganz schön knapp, oder?« Julian stand inzwischen wieder auf eigenen Beinen.

Dick zog einen Mundwinkel hinunter. »Ziemlich.«

»Mehr als knapp«, pflichtete Joe ihm bei.

»Da will ich gar nicht drüber nachdenken.« Anne biss sich auf die Unterlippe.

Julian nickte und ließ den Blick von einem zum anderen wandern. »Danke.«

Joe und die Freunde lächelten verlegen zurück.

Julian holte tief Luft. Dabei wurde ihm ein wenig schwindelig, aber das behielt er für sich. Er hatte die Aktion lange genug ausgebremst! »Dann mal los, oder?«, rief er und grinste.

Die anderen zogen die Augenbrauen hoch. Was sagte er da?

Julian nickte eifrig. »Vielleicht erwischen wir sie ja noch!«

»Wirst du das denn schaffen?«, erkundigte sich Joe.

Jetzt nickte Julian zaghaft. Es musste einfach gehen.

George zuckte die Schultern und hob den Blick. »Jetzt müssen wir nur noch zusehen, wie wir hier rauskommen. Timmy, hast du eine Idee?«

Timmy bellte. Die hatte er!

Er flitzte hinaus und trug im Maul das Ende einer Liane herein, die ja draußen in Mengen vom Felsen hingen. Das Ende ließ er hinunterfallen.

George prüfte, ob sie hielt. Sie hielt! »Wer will als Erster?«

Julian lächelte verlegen. »Sonst immer gerne, aber ich glaube, diesmal lasse ich euch den Vortritt.«

George kletterte vorneweg, dann halfen alle zusammen Julian zu der Öffnung in der Felswand hinauf.

»Du gehst vorweg, Julian«, entschied Joe, als sie endlich die Höhle wohlbehalten verlassen hatten. »Du musst das Tempo vorgeben.«

Julian schenkte ihr ein gequältes Lächeln. Eigentlich traute er seinen wackeligen Beinen selbst noch nicht so recht, aber es würde schon gehen. Am liebsten hätte er sich bei einem der anderen eingehakt, aber dann wäre er sich lächerlich vorgekommen. Ein Stock zum Abstützen musste reichen, und mit dem konnte er auch Gestrüpp wegschlagen. Tapfer lief er los.

Timmy blieb immer an seiner Seite, das war ein gutes Gefühl. Schon bald fand Julian in den Tritt, wenn er auch zwischendurch kurze Pausen einlegen musste. Zum Glück hatten sie noch ausreichend Wasser, von dem Julian immer wieder gierig trank.

Irgendwann setzte George sich an die Spitze, denn das Wegschlagen der Äste kostete Julian zu viel Kraft. Langsam, aber stetig kämpften sie sich durch das Dickicht des Noteka.

War der Weg vom Boot zur Höhle wirklich so weit gewesen?, dachte Julian. Immerhin hatten sie auf dem Hinweg über Nacht campiert. Wie weit würden sie kommen, bis die Dämmerung einsetzte?

In dieser Nacht war an Schlafen nicht zu denken. Sie mussten weiter, sie hatten ohnehin schon zu viel Zeit verloren.

Tapfer liefen sie schließlich im Schein ihrer Taschenlampen durch den Dschungel.

Julian hatte inzwischen jegliches Empfinden für Hunger und Durst verloren. Selbst seine Erschöpfung nahm er kaum noch wahr.

Wie in Trance lief er einfach weiter, den Blick fest auf den Weg geheftet, der im unruhigen Lichtkegel der Lampen tanzte. Er wusste, wenn er sich jetzt hinsetzte, würde er eine ganze Weile nicht wieder aufstehen. Also lief er langsam weiter.

Im Morgengrauen konnten sie endlich aufatmen.

Das Dickicht lichtete sich ein wenig, und die Luft war herrlich frisch und kühl, als sie eine Anhöhe hinabstiegen, die den Blick auf die Umgebung freigab.

Sie mussten hier bei den Felsen ein bisschen klettern, und Dick reichte Joe, ganz Gentleman, die Hand und half ihr hinab. Und als sie ihm ein Lächeln schenkte, war Dick froh, dass die Luft so frisch war und seine glühenden Wangen kühlte.

»Seht nur!«, rief Anne plötzlich und streckte den Arm aus.

Die Furt, an der sie Nick und Cassi den Kompass abgeluchst hatten, kam in Sicht! Jetzt war es nicht mehr weit.

Erleichtert blickten die Freunde von einem zum anderen. Julian hob den Daumen. Ja, sollte das heißen, ich bin okay, und den Rest schaffe ich auch noch.

Das Boot lag tatsächlich noch dort, wo sie es vertäut hatten.

»Dem Himmel sei Dank«, stöhnte Joe. »Sie haben es nicht gefunden und zerstört.«

George zuckte die Schultern. »Die haben bestimmt auch nicht damit gerechnet, dass wir aus dieser Höhle je wieder rauskommen.«

»Ob die wenigstens ein schlechtes Gewissen haben?«, knurrte Anne und ballte die Fäuste.

Ja, zumindest Nick plagte das schlechte Gewissen, was Anne natürlich nicht wissen konnte. Aber damit war er allein.

Nachdem er nämlich Cassi gegenüber seine Bedenken geäußert hatte, die Kinder einfach in der Höhle ihrem Schicksal zu überlassen, hatte diese ihn schon angeraunzt und als Weichei abgestempelt. Doch dann war ihr endgültig der Kragen geplatzt, als der durchgeknallte Kakadu auch noch einen ordentlichen Spritzer Kot auf ihrer Schulter hinterlassen hatte.

Cassi hatte gesagt: »Du kannst ja deinen nächsten Coup mit Hugo machen«, und hatte dann tatsächlich ihre Pistole auf Hugo gerichtet und Nick vor die Wahl gestellt: »Entweder er oder ich.«

Daraufhin hatte dieser sich schweren Herzens von seinem Vogel verabschiedet, die Goldklumpen wieder geschultert und war schweigend weitergegangen. Die Gier nach dem Schatz hatte gesiegt.

Nick wiederum konnte nicht wissen, dass die Kinder einen Ausweg aus der Höhle gefunden hatten und bald darauf schon auf die Strandbar von Cassi und Nick zusteuerten.

Sie pirschten sich von hinten heran.

»Hoffentlich kommen wir noch rechtzeitig«, flehte Anne. Sie dachte mit großer Sorge an das Schicksal von Joe und ihrer Dorfgemeinschaft.

Julian biss sich auf die Unterlippe. Wenn sie nun zu spät kamen? Und alles nur, weil er sich von diesem dämlichen Käfer hatte beißen lassen …

Sie sahen das Schild an der Bar schon von Weitem. *Geschlossen!*

Automatisch liefen sie schneller.

»Oh nein!«, maulte George und trat wütend gegen die Bretterbude, denn jemand – vermutlich Cassi – hatte mit Lippenstift etwas danebengeschrieben, das ihnen das Herz in die Hosen rutschen ließ. Da stand in kirschroten Lettern: *für immer!*

Julian stützte sich enttäuscht und erschöpft auf die Knie und ließ den Kopf hängen, als hätte er nicht mehr die Kraft, ihn hochzuhalten. »Sie sind weg.« Fast hätte er angefangen zu weinen. Alles meine Schuld, sagte er zu sich.

Auch Dick und Anne warfen sich resignierte Blicke zu, als sich Joe im selben Moment umdrehte und davonging.

»Hey, Joe, wo willst du hin?«, rief Anne ihr nach.

»Meinen Eltern beim Packen helfen«, antwortete Joe über die Schulter mit halb erstickter Stimme. Auch sie konnte ein Weinen kaum unterdrücken. »Heute um zwölf rollen die Bagger an. Und mein Dorf wird plattgemacht.«

Jetzt hob Julian den Kopf. »Aber wir müssen doch irgendwas tun können!«

Joe schüttelte traurig den Kopf und verzog den Mund zu einem bitteren Lächeln. »Ihr habt wirklich alles getan, was ihr tun konntet. Es ist vorbei.«

Dick wusste nicht, was er sagen sollte. Er wollte Joe so gern trösten, ihr etwas Aufmunterndes sagen. Etwas tun! Aber er brachte nur ein gestammeltes »Aber …« über die Lippen.

Jetzt glänzten Tränen in Joes Augen und sie wollte sie auch gar nicht mehr zurückhalten. Warum auch? Alles war verloren. Sie war wütend. Sie war traurig. Sie war verzweifelt. Es war zum Heulen.

Aber sie war auch dankbar für die Freundschaft, die sie in den letzten Tagen erfahren hatte.

Mit tränenerstickter Stimme brachte sie gerade noch ein »Danke für alles« hervor.

Dann rannte sie davon.

Kapitel 10

Ratlosigkeit machte sich breit unter den Freunden. Sollten wirklich alle Mühen umsonst gewesen sein? Hatten sie dafür diese Strapazen auf sich genommen – ja sogar Julians Leben aufs Spiel gesetzt –, um jetzt aufzugeben?

»Das kann doch alles nicht wahr sein!«, schimpfte George und versetzte der Bar erneut einen Tritt. Traurig hob sie den Blick in den bedeckten Himmel.

»Die arme Joe«, sagte Anne, als die neugewonnene Freundin Richtung Dorf verschwand. Bald war sie nicht mehr zu sehen.

Dick blinzelte ihr hinterher. »Wir müssen doch irgendwas tun! Wir können doch nicht einfach hier dumm rumstehen und …«

Aber keiner von ihnen hatte auch nur die geringste Idee, wie sie jetzt noch das Ruder herumreißen konnten.

Das Ganovenpärchen war mit dem Schatz von One-Arm-Tedd auf und davon. Das Dorf war verloren. Bald würden die Bulldozer mit ihrer zerstörerischen Kraft angerollt kommen. Haynes hinterlistiger Plan würde aufgehen.

Da konnte nur noch ein Wunder helfen.

Oder …

»Guckt mal blöd!«, rief plötzlich eine krächzende Stimme. Das konnte doch nur …

Die Freunde blickten sich verdutzt um. Ja, und da saß er tatsächlich auf einer Stuhllehne, Nicks flippiger Kakadu.

»Danke, reicht schon«, antwortete der seltsame Vogel.

Aber wenn der Vogel hier ist, wo ist dann Nick?, fragte sich Julian. »Hugo?«, rief er.

»Was will denn der hier?«, fragte Dick.

»Haben sie dich etwa hiergelassen?«, fragte Anne, als könne man sich ganz normal mit diesem Vogl unterhalten. »Das gibt's doch gar nicht! Eine Gemeinheit. Die haben wohl noch nie etwas von Verantwortung für Tiere gehört, was?«

George zuckte die Schultern und warf einen liebevollen Blick auf Timmy. »Hast du was anderes erwartet?«

Aber Hugo mischte sich wieder ein und breitete seine imposanten Flügel aus. »Rache ist Bratwurst!«

Dick war genervt. »Blutwurst heißt das, du dummer Vogel!«

Aber der Kakadu ließ sich nicht beirren. »Cassi. Haltet sie! Haltet sie! Füße hoch! Rache ist Bratwurst.«

Julian zeigte dem Vogel einen Vogel. »Jetzt ist er vollkommen durchgeknallt.«

Aber George hatte etwas anderes bemerkt. Hugo hatte etwas im Schnabel getragen, als er angeflogen gekommen war. Einen zerknüllten Zettel, der nun vor ihm auf dem Stuhl lag.

»Was ist das?«, wollte Dick wissen.

George faltete das Blatt auseinander und betrachtete es eingehend. »Eine Flugbuchung. Für zwei Passagiere.«

»Und für wann?« Julian klang plötzlich gehetzt. Vielleicht gab es ja doch noch Hoffnung!

George griff sich in die dunklen Locken. »Ach du grüne Neune. Für heute! In fünfundvierzig Minuten geht der Flieger!«

»Dann los!« Dick war bereits aufgesprungen. »Ab zum Flughafen!«

»Das schaffen wir nie!«, stöhnte Anne, als sie hinter den anderen her zur Einfahrt des Resorts rannte.

»Es sei denn … Seht mal!«, rief Julian und zeigte auf einen kleinen, bunt bemalten und geschmückten Lieferwagen, der dort geparkt stand. Ein Wäschelieferant brachte gerade die frische Wäsche. Eben verschwand er mit einem großen Paket auf dem Arm in einem der Wirtschaftsgebäude.

»Los!«, rief Julian und schwang sich hinter das Lenkrad.

»Aber wir können doch nicht einfach …«, setzte Anne zum Protest an. Doch als sie sah, wie Dick und Timmy auf die Ladefläche und George auf den Beifahrersitz sprangen, kletterte sie schnell hinten in den Wagen.

In dem Moment, als Julian Gas gab, kam der Lieferant aus dem Haus gerannt. »Was zur Hölle geht hier vor?«, rief er und hob drohend die Faust.

»Sorry!«, rief Dick ihm zu. »Leihen wir uns nur kurz aus! Es geht um Leben und Tod!«

Und schon bogen sie mit quietschenden Reifen auf die Küstenstraße ein.

Dick hob jubelnd einen Arm, mit dem anderen musste er sich festhalten, denn es rumpelte ordentlich in diesem abenteuerlichen Gefährt. »Wir kriegen euch, ihr Ganovenpack, wir kriegen euch!«, rief er.

Anne klammerte sich an die Seitenstreben. Die Haare flatterten ihr wild um den Kopf. Aber Julian steuerte das Gefährt sicher über die holprige Straße. Die bunten Blumenketten, die am Rückspiegel hingen, baumelten heftig hin und her.

Auch wenn das kleine Flughafengebäude rasch in Sicht kam, so wurde die Zeit verdammt knapp.

Denn jetzt bereits stand ein Pärchen vor der Zollbeamtin, die die Pässe kontrollierte, das man erst auf den zweiten Blick als Cassi und Nick erkannte, denn

Cassi trug eine blonde, wallende Perücke und Nick eine lächerliche schwarze.

Nick stand unübersehbar der Schweiß auf der Stirn.

Und da fragte die Beamtin ihn auch schon nach dem Inhalt des Alukoffers, den er bei sich trug.

Doch Cassi blieb eiskalt. Abgebrüht wie sie war, lehnte sie sich über den Schalter, lüpfte, noch ehe Nick antworten konnte, kurz die Sonnenbrille und zwinkerte der Beamtin zu. »Alles, was eine Frau so braucht«, hauchte sie ihr zu, als wollte sie ihr sagen: Schätzchen, wir beide wissen doch, was Frauen so mitschleppen.

Die Beamtin dachte sich ihren Teil. Sie klappte die Pässe zu und schob diese über den Schalter. »Dann wünsche ich eine gute Reise, Herr und Frau von und zu Rabenburg.«

»Jetzt sind wir also auch noch adelig«, kicherte Nick, als sie das Terminal durchquerten.

Cassi stieß ihm den Ellenbogen in die Seite. »Und steinreich!«

Siegesgewiss und selbstverliebt warf sie den Kopf in den Nacken. Dass sie die Kinder, darunter den todkranken Julian, ohne Hilfe in der Höhle zurückgelassen hatten, hatte sie längst aus ihrem Kopf verdrängt. Dort hatte nur noch ein Gedanke Platz: Paris, ich komme!

Sie konnte ja nicht ahnen, dass die Freunde bereits die Abflughalle erreicht hatten! Soeben kamen Julian, Dick, George und Anne durch die Automatiktür gestürmt. Timmy hatten sie in dem Lieferwagen gelassen.

Völlig außer Atem blieben sie stehen und ließen die Blicke durch die Halle wandern. Mit ihrer verschmutzten Kleidung zogen sie neugierige Blicke auf sich, aber darauf konnten sie jetzt keine Rücksicht nehmen.

Leute liefen hektisch von hier nach da, andere waren damit beschäftigt, Gepäck auf einen Trolley zu wuchten, wieder andere saßen gelangweilt auf Plastiksitzen und warteten gähnend. Von Cassi und Nick keine Spur!

»Seht ihr sie?«, fragte George halblaut.

»Also ich kann sie nicht entdecken«, flüsterte Julian.

Dick schlug sich mit der Faust auf die Hand. »Verdammt, ich auch nicht. Das kann doch nicht sein, dass die uns schon wieder entwischt sind!«

Aber Anne sah noch einmal genauer hin und dabei entdeckte sie etwas sehr Interessantes. »Da, die Schuhe!«

Dick verstand nicht, was Anne meinte. »Was denn für Schuhe? Was meinst du?«

»Die da.« Anne deutete auf die Füße einer schlanken Frau im eleganten rosa Etuikleid, die gerade damit beschäftigt war, ein Kaugummi von der Schuhsohle zu pfriemeln. Die Sohlen waren gelb!

Zufrieden stemmte Anne die Hände in die Seiten. »High Heels mit gelben Sohlen.«

Dick verdrehte die Augen. »Anne, kannst du nicht einmal an was anderes denken als an den Klamottenkram? Gerade jetzt …«

Aber Anne fiel ihm ins Wort. »Cassi hat solche Stilet-

Nick und sein sprechender Kakadu Hugo

Dick und Joe versuchen das Gangsterpärchen Cassi und Nick außer Gefecht zu setzen.

Die Freunde auf der Flucht vor Cassi und Nick!

Der Kompass weist den Weg zum Schatz.

Dem Piratenschatz ganz nah: die Freunde im Geheimversteck des Piraten One-Arm-Tedd

Julian geht es nicht gut!

Dick, George, Joe und Timmy stoßen bei der Suche nach der heilenden Gato-Beere auf eine unüberwindbare Schlucht.

Die Rettung naht: Timmy »fliegt« durch den Dschungel.

Mr Haynes (Sky du Mont)

Die Fünf Freunde im Tuk-Tuk auf der Flucht vor Nick und Cassi.

Hinter den Kulissen: Am Set der Fünf Freunde

Regisseur Mike Marzuk inszeniert seine Darsteller am Set von Fünf Freunde 3.

Dreharbeiten im Ozean

Kameramann Philip Peschlow dreht mit Valeria Eisenbart, Quirin Oettl, Justus Schlingensiepen, Davina Weber und Timmy in einem Long-Tail-Boot.

Das Filmteam beim Dreh im Höhleneingang zum Dschungel

Regisseur Mike Marzuk mit den beiden Darstellerinnen Davina Weber und Valeria Eisenbart

Timmy mit seinem Trainer Marco Heyse

tos, und ich wette, dass sie hier weit und breit die Einzige ist.«

Blinzelnd spähten die Freunde hinüber und sahen sich die Frau genauer an.

»Tatsächlich«, sagte George. »Das …«

»… ist sie!«, flüsterte Julian aufgeregt. »Und in dem Koffer da muss das Gold sein!«

Nun war doch nicht alles umsonst gewesen!

In diesem Moment wurde ein voll beladener Gepäckwagen vor ihnen abgestellt. Und der brachte George auf eine Idee. »Okay, dann lasst uns den Schatz zurückholen«, sagte sie kämpferisch. Und sie hatte auch schon einen Plan.

Wenig später hatten sich Dick und Anne bereits hinter Cassi auf einer Brüstung positioniert, vor der eine Reihe von Blumentöpfen hing.

Julian hatte sich den Gepäckwagen geschnappt, auf dem George sich versteckt hatte.

Im selben Moment, als Julian auf Cassis Höhe war, gab er Dick ein Zeichen. Jetzt war es Zeit, einen der Blumentöpfe hinunterzuwerfen. Der Tontopf zerbarst mit einem lauten Knall, es klang fast wie ein Schuss.

Wie sie es sich erhofft hatten, drehte Cassi sich erschrocken um. Ob ihnen doch jemand auf die Schliche gekommen war?

Nick, der sich etwas zu essen besorgt hatte, warf ihr aus einiger Entfernung einen fragenden Blick zu.

Aber Cassi gab Entwarnung. Es war nur ein Blumentopf und der Alukoffer mit ihrem Startgeld in ein neues Leben stand sicher zu ihren Füßen.

Noch einmal wollte sie sich an dem Anblick der Goldklumpen ergötzen, hob den Koffer auf ihren Schoß und – nachdem sie in alle Richtungen einen Kontrollblick geworfen hatte – öffnete ihn.

Ein Schrei durchschnitt das Terminal. Nick fiel das Essen aus dem Mund.

In dem Koffer war nichts als Wäsche!

Als Cassi den Blick hob, sah sie die Freunde gerade noch zur Tür hinausrennen.

Die Freunde hatten nur eins im Sinn: Jetzt schnell zu Haynes! Es ist noch nicht zu spät!

Voller Wut, dass sie den Kindern auf den Leim gegangen war und sich von einem dämlichen Blumentopf hatte ablenken lassen, sodass George die Koffer hatte austauschen können, sprang Cassi kreischend auf und nahm die Verfolgung auf.

Sie war erstaunlich schnell mit ihren Designerstöckelschuhen!

Sofort war Nick an ihrer Seite.

Keifend und stampfend und schreiend stand Cassi vor der Eingangstür und sah ihre goldene Zukunft in Paris in einem bunten, klapprigen Lieferwagen davonbrausen.

Aber sie hatte noch längst nicht aufgegeben! Denn direkt vor ihr war ein Moped geparkt, auf dem ein Verkaufsstand montiert war.

Kurzentschlossen packte sie den Besitzer, der gerade dabei war, seine Waren zu ordnen, am Hemd und riss ihn unsanft auf die Straße. Schon saß sie auf dem Sattel und gab ordentlich Gas. Nick konnte gerade noch aufspringen und sich an dem Gestänge der Verkaufsbude festhalten.

Die Tüten und Schachteln schaukelten gefährlich hin und her, als Cassi und Nick dem Lieferwagen hinterherbrausten.

Julian war voll konzentriert. Jetzt kommt's auf dich an, sagte er zu sich selbst, nur nicht aus der Ruhe bringen lassen.

Das war ein gutes Gefühl, jetzt konnte er einiges wiedergutmachen.

Schon bald hatten sie den Ort erreicht und wurden vom allgemeinen Getümmel verschluckt. Immer wieder musste Julian Menschen und Tieren ausweichen, die auf der Marktstraße liefen oder unachtsam die Straße querten. Aber sie kamen ihrem Ziel stetig näher!

Doch ein Blick in den Rückspiegel jagte Julian einen Schrecken ein.

Dick war das nicht entgangen. Er drehte sich um.

Eine Menschentraube war auseinandergesprungen, denn im selben Moment kamen Nick und Cassi mit dem Moped angerast!

»Mist, die verfolgen uns!«, rief Dick. Er konnte kaum glauben, was er sah. Nick grapschte sich tatsächlich etwas zu essen aus der Theke, während sich Cassi mit entschlossener Miene über den Lenker beugte! Dieser Typ war wirklich unglaublich!

»Die sind schneller als wir, die kriegen uns!«, jammerte Anne verzweifelt.

Ein weiterer Blick in die Rückspiegel sagte Julian, wie recht seine Geschwister hatten. »Was soll ich tun?«

Wieder war es George, die das Ruder in die Hand nahm. Sie zeigte nach links in eine schmale Gasse. »Los, da rein!«

»Aber…« Doch Julian zögerte nur einen kurzen Augenblick. Er wagte es, dabei war die Gasse kaum breiter als der Lieferwagen!

Ein junger Mann konnte gerade eben noch von einer Leiter springen und diese zur Seite reißen.

Julian trat das Gaspedal so weit hinunter, wie er sich nur eben traute. Beinahe hätte er einen anderen Mann über den Haufen gefahren, der gerade aus dem Haus treten wollte. In letzter Sekunde konnte der sich in den Hauseingang drücken.

»Sorry!«, rief George in das verdatterte Gesicht.

»Das war knapp!« Das Adrenalin schoss nur so durch Julians Adern, er war vollkommen unter Strom. Und dann kam auch schon das Ende der Gasse auf sie zu. Eine Entscheidung musste her, denn Cassi und Nick hatten sich keineswegs abhängen lassen, sondern waren ihnen dicht auf den Fersen. Nur zehn Meter lagen zwischen ihnen!

Im letzten Moment entschied Julian sich für rechts und riss den Lenker herum.

Ein Fehler!

Nach nur wenigen Metern wurde ihnen der Weg von einer Menschentraube versperrt. Da war kein Durchkommen!

Panisch drehten sich die Freunde um. Da kam auch schon das Moped um die Kurve geschlittert!

Julian riss den Arm hoch und zeigte in die Markthalle zu ihrer Linken, die zum Bersten mit Menschen gefüllt war. »Los, Leute, da rein!«

Dick packte sich den Koffer und presste ihn an sich, denn Julian machte ernst und steuerte den Lieferwagen direkt hinein in die Markthalle. Schon hatte die Menschenmenge sie verschluckt.

Kapitel 11

Wie bei einer Achterbahnfahrt sausten bunte Farben an den Freunden vorbei, denn die Bauern aus der Gegend hatten ihre Stände im Innenhof der Markthalle aufgebaut, an denen sie rote, gelbe und grüne Paprika, orange Kürbisse, Gurken, Tomaten, Mangos, Papayas, Bananen und anderes exotisches Obst und Gemüse anboten, das die Kinder noch nie in ihrem Leben gesehen hatten. In viel zu kleinen Käfigen flatterten Hühner und anderes Geflügel herum, die Fischstände verströmten einen intensiven Geruch. Aber auch allerlei anderer Kram sauste in rasender Fahrt an ihren Köpfen vorbei, Stofftiere, Elektrogeräte, Pfannen und Töpfe, T-Shirts und Sonnenbrillen.

Aber für all das hatten sie natürlich keinen Sinn. Jetzt hieß es einfach nur, Cassi und Nick abzuhängen, die ihnen an den Fersen klebten wie lästige Insekten am Honigtopf.

Dick wusste nicht, ob er es aus lauter Panik tat oder weil er die Aktion so cool fand. Jedenfalls riss er einen Arm schützend über seinen Kopf und brüllte wie am Spieß, während George schnell die Schultern hochzog und sich so weit es ging in den Sitz hinunterrutschen ließ.

Mit Panik in den Augen sprangen die Leute zur Seite, als sause der Teufel persönlich durch die Gänge, und schauten dem rumpelnden und knatternden Fahrzeug mit den schreienden Kindern hinterher. Manche waren nicht so umsichtig, sodass Julian immer wieder scharf bremsen musste, um nicht in Kisten, Karren und Fässer zu brettern. Und dann gab es einen Höllenlärm. Es knirschte und schepperte und krachte. Holzsplitter flogen durch die Gegend und der Wagen machte einen Riesensatz. Sie waren mitten in einen Stapel von Kisten und Kartons gekracht. Aber das Auto fuhr weiter.

Und da kam im Gang neben ihnen schon das Moped angeknattert und Cassi schrie wie eine Besessene.

Voller Panik sprangen die Menschen auf die Marktstände, um sich in Sicherheit zu bringen. Das Chaos war perfekt!

Cassi musste scharf abbremsen. Holz knirschte unter den Rädern des Mopeds.

Wenigstens ein kleiner Vorsprung, dachte Julian zufrieden. Nur ganz kurz hatte er sich umgedreht, als George »Achtung!« brüllte.

Er konnte gerade noch einem Stand ausweichen, an

dem bunte Papierlampions feilgeboten wurden. Der Besitzer schickte ihnen in seiner fremden Sprache Verwünschungen hinterher. Doch dann wurde die Schimpftirade des Kaufmanns auf einmal noch lauter und schriller.

Erschrocken drehten die Freunde sich um und sahen, wie der kleine Mann gerade noch zur Seite springen konnte. Cassi und Nick preschten mit dem Moped geradewegs durch den Verkaufsstand!

Die farbigen Papierbälle stoben durch die Luft wie wirbelnde Seifenblasen.

Und einer landete genau auf Nicks Kopf!

Wie eine wild gewordene Krake fuchtelte Nick mit den Armen herum, denn er konnte nichts sehen. Eine Hand landete auf Cassis Nase, sodass diese kurz den Lenker verriss.

Da endlich kam die rettende Ausfahrt in Sicht. Julian hielt geradewegs darauf zu, konnte gerade eben noch zwei jungen Männern ausweichen und atmete kurz auf. Die Straße hatte sie wieder!

»Haben wir sie abgehängt?«, keuchte Julian.

Doch statt einer Antwort kamen auch schon Cassi und Nick mit ihrem Verkaufsstand aus der Halle geschossen.

»Verdammt!«, brüllte Julian und trat auf das Gaspedal. »Die sind ja schlimmer als die Pest! Wachsen gegen die denn nicht auch irgendwelche Beeren?«

Aber den anderen war nicht nach Lachen zumute.

Sie krallten sich irgendwo fest und hofften, dass ihnen irgendetwas einfallen würde, wie sie das Pärchen abhängen konnten.

Plötzlich tauchte vor ihnen ein großer Lastwagen auf, der rückwärts rangierte.

Hatte der Fahrer sie denn nicht gesehen?

Schreiend rissen die Freunde die Arme vor die Gesichter. Doch Julian konnte im allerletzten Moment um den LKW herumsausen. Der Lieferwagen geriet gefährlich ins Schlingern, aber sie hatten es geschafft.

Doch dann erfüllte ein Krachen die Luft, ein Durcheinander von schreienden und schimpfenden Stimmen. Und ein sonderbares Poltern.

Cassi und Nick hatten nicht so viel Glück gehabt. Sie waren dem Laster hinten reingekracht, genau in dem Moment, als der Fahrer mit einem Hebel die Hydraulik in Gang setzte, die die Ladefläche kippte.

Zufrieden beobachteten die Freunde, wie sich ein riesiger Haufen Müll über die kreischende Cassi und den nun gänzlich verstummten Nick ergoss und wie sich eine aufgebrachte Menschentraube um die beiden schloss.

Dick zwinkerte seinem Bruder zu. »Abgehängt, würde ich sagen.«

Aber Julian winkte ab. »Keine Zeit für Schulterklopfen.« Er tippte auf seine Armbanduhr. »Wir haben nur noch ein paar Minuten. Los, schnell zu Haynes!«

Nur noch ein paar Minuten… Mit einem diebischen Grinsen auf dem Gesicht ließ Mr Haynes den Blick vom Sekundenzeiger seiner Wanduhr zu dem Modell wandern, das auf seinem Schreibtisch stand.

Noch lag ein Tuch darüber. Gleich würde er es fortziehen, denn der Sekundenzeiger bewegte sich unaufhaltsam weiter!

Gerade hatte er am Telefon von seinem Bauleiter erfahren, dass die Abrissbagger in der Bucht bereitstanden. Sie warteten auf sein Kommando!

Gleich würde er persönlich hinüberfahren und den Arbeitern das Startsignal geben. Diesen Spaß würde er sich doch nicht entgehen lassen!

Als er sich gerade aus seinem protzigen Ledersessel erheben wollte, klopfte es. »Ja?«

Mr Haynes zog die Augenbrauen hoch, als er sah, dass Joe durch die Tür kam. »Was willst du denn hier?«

Zaghaft kam Joe einen Schritt näher. Nervös knetete sie die Hände. In diesem Moment kam sie sich so verdammt klein vor. Ja, mickrig geradezu. Das machte sie so unendlich wütend. Dennoch versuchte sie, mit fester Stimme zu sprechen. »Ich bin hier, um Sie anzuflehen, Mr Haynes!«

Aber der Hotelier schüttelte mitleidvoll den Kopf.

»Bitte! Zeigen Sie ein Herz!«, flehte Joe. »Verschonen Sie unser Dorf.«

Der Hotelbesitzer machte eine Handbewegung, als

wenn er eine Fliege wegscheuchte. »Jetzt nerv mich nicht, Kleine! Dein Stamm kann mir das Geld nicht zurückzahlen. Und deshalb gehört eure Bucht gleich mir. So einfach ist das.«

In einer verzweifelten Geste hob Joe die Hände. »Aber…«

Doch Mr Haynes interessierte Joes Not nicht die Bohne. Er hatte nur Augen für den Sekundenzeiger, dessen Ticken er mit einem süffisanten Grinsen verfolgte. »Noch fünf, vier, drei, zwei…«

Joe konnte die Tränen nicht zurückhalten. Wie gern wäre sie diesem Tyrannen an die Gurgel gegangen. Wie gern hätte sie auf ihn eingeprügelt und ihn ihre ganze Wut und Verzweiflung spüren lassen. Wenigstens das. Aber sie stand wie versteinert da, während die Sekunden verstrichen.

Plötzlich flog die Tür auf!

Und dann kamen sie hereingestürmt, nass geschwitzt und völlig außer Atem, aber mit einem zufriedenen Lächeln auf den geröteten Gesichtern: Julian, Dick, Anne und George. Und zum Schluss kam auch Timmy lässig hereingetapst.

Die Farbe war aus Mr Haynes Gesicht gewichen, so als wüsste er bereits, dass dieser Auftritt nichts Gutes für ihn bedeutete. »Wa…Was soll das denn?«

Auch Joe war überrascht. Damit hätte sie nun wirklich nicht mehr gerechnet! »Was macht ihr hier?«

»Das hier ist…«, keuchte Julian außer Atem, hob

den Alukoffer und knallte ihn mit einem Rums auf den Schreibtisch.

»… der Schatz des One-Arm-Tedd«, fuhr Dick fort, der genauso außer Puste war wie sein Bruder.

Ein Strahlen legte sich über Joes Gesicht. »Ihr … Ihr habt ihn!«

Jetzt mussten die Freunde lachen. »Ja, klar!«, riefen sie durcheinander.

Anne fühlte sich plötzlich stark und stolz. Mutig trat sie auf den Hotelbesitzer zu und zeigte auf den silbernen Koffer. »Das sollte reichen. Die Schulden der Hanami …«

Julian trat von hinten an seine kleine Schwester heran und legte ihr die Hände auf die Schultern. »… dürften damit beglichen sein«, führte er den Satz zu Ende.

Dann griff er nach dem Koffer, kippte diesen auf die Seite und schob mit den Daumen die beiden Schließen auf. Unter dem Deckel kam glänzend und funkelnd das Gold zum Vorschein.

Joe verschlug es die Sprache. Wie hatten die Freunde das angestellt? Sie hatte doch alles schon verloren geglaubt!

Überglücklich sah sie Julian, Dick, George und Anne an und brachte dann tief bewegt ein »Danke!« hervor.

Dick spürte, wie sein Herz einen Takt schneller schlug. Es machte ihn glücklich, Joe so erleichtert zu sehen. »Ach was. Ist doch klar«, sagte er leise.

»Mein Dorf ist gerettet!«, rief Joe schließlich, als könnte sie es selbst noch nicht fassen.

Julian machte einen Schritt auf das Modell zu, das immer noch mit dem Tuch abgedeckt war, und sagte: »Ihr Ferienresort müssen Sie wohl woanders bauen.«

Doch Mr Haynes ging auf diese Bemerkung gar nicht ein. Mit einem spöttischen Grinsen auf den Lippen baute er sich vor Julian auf und verschränkte die Arme vor der Brust. »So, da habt ihr Cassi und ihrem bescheuerten Freund also das Gold wieder abgeknöpft.«

»Ja, ganz genau so ist das!«, rief Dick selbstsicher.

Doch Julian wurde plötzlich misstrauisch. »Moment mal, woher wussten Sie denn …?«

Mr Haynes beugte sich vor und fauchte Julian ins Gesicht: »Weil ich sie auf euch angesetzt habe. Darum!«

Timmy ging in Hab-Acht-Stellung.

Mr Haynes richtete sich wieder auf und fuhr fort: »Eigentlich wollten wir ja teilen. Aber jetzt sieht es so aus, als würde mir alles gehören.« Er verzog seinen Mund zu einem bösen Lachen. »Danke, Kinder!«

Und im selben Moment, als Joe sich voller Wut auf ihn stürzen wollte, zückte er eine Waffe!

Julian hielt Joe an der Schulter zurück. Die stand da und schnaubte voller Verachtung. »Was soll das?«, blaffte Julian den Hotelbesitzer an.

»Pah!«, machte Mr Haynes und nickte herablassend. »Ihr glaubt doch nicht, dass ich mich von so ein paar Gören aufhalten lasse?«

»Aber Sie haben doch Ihr Gold!«, brüllte Joe und rang

zornig die Hände. Sie verstand die Welt nicht mehr. Wie konnte man so skrupellos sein?

Mr Haynes ließ sich lässig auf der Kante seines Schreibtisches nieder und wies mit der Pistole auf den Goldkoffer. »Peanuts, verglichen mit dem, was ich mit eurer Bucht verdienen werde. Ihr glaubt, das ist ein Schatz?« Er verspottete sie mit einem lauten Lachen. Dann zog er mit einem Ruck das Tuch von dem Modell. »Das hier, das ist ein Schatz!«

Die Freunde erschraken. Erkannten sie doch, dass es sich bei dem Modell keinesfalls um ein Ferienresort handeln konnte. In der Mitte waren Fördertürme zu sehen. Mitten im Dorf der Hanami!

»Unsere Bucht!«, rief Joe außer sich. »Was sind das für Türme? Was haben Sie vor?«

Jetzt schlenderte Mr Haynes in seiner überheblichen Art auf Joe zu und sah ihr direkt in die Augen. Joe hielt dem Blick stand.

»Aber meine liebe Joe …«, begann er.

Doch Joe fiel ihm ins Wort und keifte: »Ich bin nicht Ihre *liebe* Joe!«

Aber der Hotelbesitzer zeigte sich völlig unbeeindruckt. »Jedenfalls sitzt dein Stamm seit Jahrhunderten auf dem größten Schatz überhaupt. Ohne es zu wissen, diese Einfältigen. Methan!«

Julian, Anne, George und Joe begriffen nicht sofort, was das bedeutete. Was sollte das für ein Schatz sein?

Nur Dick verstand. »Erdgas«, erklärte er.

»Ein gewaltiges Vorkommen!«, rief Mr Haynes, und seine Augen bekamen einen beinahe verklärten Ausdruck. »Milliarden ist das wert. Und das Schöne ist: Mit der Erfindung von Cha Li und eurem Onkel …«

»… können Sie das ganz billig fördern und transportieren«, ergänzte Julian.

»Schlaues Kerlchen.« Haynes tippte Julian mit der Mündung der Pistole gegen den Oberarm. »Ich verflüssige es und fülle es in meine Tankwagen.« Er senkte den Blick auf das Modell, auf dem es auch die Miniatur eines Tanklastwagens gab.

Doch George wollte sich das alles nicht so einfach gefallen lassen. Da hatte dieser Mr Haynes doch die Rechnung ohne die anderen Beteiligten gemacht! »Mein Vater und Cha Li werden Ihnen niemals ihre Erfindung geben.«

Haynes schüttelte den Kopf. »Aber George, das haben sie bereits. Die beiden haben gestern nämlich den Durchbruch geschafft. Wir haben darauf angestoßen und dann habe ich sie …«

George ballte die Fäuste. »Was haben Sie?«

Mr Haynes seufzte. »Ach, wisst ihr was, ich bringe euch jetzt mal zu ihnen. Also los, raus hier!«

Haynes dirigierte die Kinder mit der Waffe aus dem Büro. Und als George ihm nicht sofort Folge leisten wollte, packte er sie unsanft am Kragen, um sie hinauszubugsieren.

Da platzte Joe der Kragen! Sie stürzte sich auf ihn

und trat ihm mit voller Wucht den harten Absatz auf den Fußrücken.

Haynes krümmte sich und ließ die Pistole fallen!

Reaktionsschnell fischte Julian sie vom Boden.

Mit beiden Händen umschloss er den Griff und richtete die Waffe auf Haynes. »So schnell kann sich das Blatt wenden.«

Alle starrten auf Haynes. Er atmete heftig und sein Blick wanderte nervös von einem zum anderen.

Plötzlich hörten sie ein leises Klicken. Ein Klicken, wie beim Entsichern einer Waffe.

»Da habt ihr recht, Kinder«, sagte eine wohlbekannte Stimme.

Cassi!

Ziemlich ramponiert sah sie aus, wie sie da im Türrahmen stand, mit zerzausten Haaren, schmutzverschmiertem Gesicht und eingerissenem Kleid, doch ihre Miene wirkte entschlossener denn je. Wenn sie auch einen unangenehmen Geruch nach Unrat verströmte.

Timmy drängelte sich zwischen ihr und Nick hindurch und suchte das Weite.

»Toller Freund«, kommentierte Cassi.

Sofort trat Mr Haynes an Julian heran und nahm ihm die Pistole aus der Hand. Julian überließ sie ihm wortlos.

Haynes wog die Waffe in der Hand. »Sieh an«, sagte er. »Seid ihr doch zu etwas zu gebrauchen! Ich nehme an, ihr wollt euer Gold wiederhaben, oder?«

Nick, der hinter Cassi stand, stellte sich auf die Zehenspitzen und guckte über die Schulter seiner Freundin. »Total gerne«, sagte er.

Haynes zuckte mit dem Mundwinkel und zog den Koffer beiseite. »Später. Kümmert ihr euch jetzt mal schön um die Kinder und um die beiden Wissenschaftler«, befahl er. »Haltet sie in Schach, bis ich zurückkomme.« Dann zwinkerte er Joe provozierend zu. »Ich muss kurz zum Dorf der Hanami.« Er hob winkend die Hand und trällerte. »Da wartet ein Bagger auf mich.«

Damit tänzelte er fröhlich davon.

Joe atmete pumpend und ballte die Fäuste. Sie zitterte am ganzen Leib. Sie hielt das nicht mehr aus, wollte sich auf Haynes stürzen, ihn ihre ganze Wut spüren lassen.

Doch Cassi stellte sich ihr in den Weg, die Waffe im Anschlag. »Nicht schon wieder, Kleines.«

Kapitel 12

Mit hängenden Köpfen ließen die Kinder sich vor Cassi und Nick hertreiben wie die Kälber zur Schlachtbank. Sie kamen sich so elend vor.

Während sie über das Gelände liefen und auf Cha Lis Labor zusteuerten, hielt Cassi die Pistole in der Armbeuge verborgen. »Macht bloß keine Mätzchen, ihr Schätzchen«, zischte sie durch die Schneidezähne.

Nick lachte einfältig. »Mätzchen. Schätzchen. Das reimt sich ja.«

So ein dämlicher Idiot, dachte George. Der merkt auch gar nichts.

Joe dagegen konnte an nichts anderes denken als an Mr Haynes und dass er auf dem Weg war, um ihr geliebtes Dorf plattzumachen. Sie konnte ihn förmlich vor sich sehen, wie er aus seiner auf Hochglanz polierten Limousine stieg und sich die Hände rieb, weil er es nicht abwarten konnte, die Häuser abzureißen.

Joe ließ den Tränen freien Lauf. Jetzt war eh alles egal.

Dann hatten sie das Labor erreicht, und Cassi machte ihnen ein Zeichen, vor ihr und Nick hineinzugehen.

Nichts anderes hatten sie erwartet. Als die Kinder die Tür aufstießen, sahen sie sich Onkel Quentin und Cha Li gegenüber. Sie saßen an Stühle gefesselt da.

Als sie Joe und die Freunde entdeckten, blickten sie auf und strahlten erleichtert über das ganze Gesicht.

»Pupsi!«, rief Cha Li.

Quentin seufzte tief. »Kinder, ihr kommt gerade rechtzeitig …«, setzte er zu reden an, doch dann verstummte er. Er hatte Cassi und Nick entdeckt, und vor allem die Pistole!

»Wie schön«, säuselte Cassi. »Da ist ja die gesamte Familie vereint.«

»Was haben Sie mit uns vor?«, jammerte Anne.

»Nichts Gutes, Schätzchen.« Cassi äffte Anne nach.

»Nick!«, maulte Cassi ihren Freund an, weil sie meinte, dass er sich zu wenig kümmerte. Doch der hatte sich eines der Reagenzgläser genommen und schnupperte neugierig daran. Er erschrak und ließ das kleine Gefäß fallen.

»Passen Sie doch auf!«, schimpfte Onkel Quentin. »Das ist gefährlich!«

Keiner wagte, sich zu rühren oder einen Mucks von sich zu geben. Die Stille war unangenehm.

Dick war es, der sie als Erster durchbrach. Der kleine

Vorfall hatte ihn auf eine Idee gebracht. Wie zufällig sagte er zu seinem Onkel: »Verdammt *reaktionsfreudiges* Zeug, nicht wahr? Habt ihr das Problem eigentlich in den Griff gekriegt?«

Onkel Quentin schien einen Moment verwirrt. »J… ja«, stammelte er. »Wir haben vorher immer zu viel Schwefelwasserstoff genommen… Aber haben wir im Moment nicht andere Probleme?«

Plötzlich herrschte eine knisternde Spannung. Allen war auf einmal klar, was Dick vorhatte. Allen außer Cassi und Nick!

»Schluss jetzt mit dem Gequatsche«, befahl Cassi und fuchtelte mit der Pistole herum. »In Zukunft solltet ihr euch gut überlegen, ob ihr euch mit so jemandem wie mir anlegt«, trällerte sie. »Ach, was rede ich. Eure Zukunft endet hier und heute.«

Ja, mit dem Gequatsche hörten sie alle gern auf, wenn Cassi das so wollte, aber in ihren Köpfen rotierte es! Alle waren hellwach und sondierten die Lage.

George und Julian zwinkerten sich zu. Sie hatten hinter Cassi und Nick einen aufgerollten Wasserschlauch entdeckt.

Dick hatte natürlich längst erfasst, dass neben ihm auf dem Tisch Reagenzgläser mit der hochexplosiven Mischung standen. Der kleine Totenkopfaufkleber verriet es ihm.

Er hoffte so sehr, dass es funktionierte.

Mit einer blitzschnellen Bewegung zog er eines der

Röhrchen aus dem Ständer und pfefferte es Nick und Cassi vor die Füße.

Die Reaktion ließ nicht lange auf sich warten.

Plötzlich gab es einen lauten Knall, eine Stichflamme zischte in die Höhe und im Nu war der Raum von dichtem Qualm erfüllt.

Wilder Aufruhr war das Resultat! Das war die Gelegenheit, Cassi und Nick zu überrumpeln.

Und wie sie sie überrumpelten!

Als George »Auf sie!« brüllte, lagen Cassi und Nick schon manövrierunfähig am Boden.

Wozu solch ein Wasserschlauch gut war! Er gab eine prima Fessel ab. Rücken an Rücken aneinandergebunden hockten Cassi und Nick da, als sich der Rauch allmählich verzog.

Dick zog den Knoten noch einmal nach. Den bekamen die beiden armseligen Ganoven sicher nicht auf.

»Du Idiot«, blaffte Cassi.

»Selber Idiot!«, blaffte Nick zurück.

George stemmte die Hände in die Seiten und blickte die beiden tadelnd an. »Ihr habt wohl noch nicht mal kapiert, dass es in so einer Situation überhaupt keinen Sinn macht, sich gegenseitig Vorwürfe zu machen. Das hilft einem keinen Deut weiter.«

Dick und Julian hatten inzwischen Cha Li und Onkel Quentin aus ihren Fesseln befreit. Mit schmerzverzerrtem Gesicht kneteten sie sich die Hände. Es tat weh, wenn das Blut wieder richtig zirkulierte.

Joe drängte zur Eile. »Wir müssen los! Hoffentlich ist es noch nicht zu spät.«

Cassi konnte es nicht lassen. »Träum weiter, Schätzchen. Die Bulldozer sind längst dabei, eure armseligen Hütten plattzumachen.«

An Joes Hals traten die Adern hervor. »Ich bin nicht dein Schätzchen!«

Gerade wollte sie auf Cassi losgehen, da hielt Anne sie zurück. »Was kümmern uns die jetzt noch, Joe? Beeilen wir uns lieber.«

»Ich fahre euch!«, rief Cha Li und griff nach dem Schlüsselbund, das auf dem Labortisch lag.

Doch Onkel Quentin hatte erst noch etwas anderes zu erledigen. Er nahm das Telefon zur Hand und rief die Polizei an.

Niemand sprach ein Wort, während Cha Li durch die Straßen jagte. Es schien eine Ewigkeit zu dauern, bis das Dorf in Sicht kam, dabei war es doch eigentlich gar nicht weit dorthin.

Die Häuschen standen noch!

Als sie auf die Zufahrtsstraße einbogen, bot sich ihnen ein Bild, das sie nicht anders erwartet hatten und das ihnen dennoch im Herzen wehtat, obwohl sie kamen, um das Dorf zu retten.

Wie Mr Haynes da mit überheblichem Grinsen am Steuer eines Baggers saß – der Vorabreiter mit dem Spaten im Anschlag daneben, bereit zum Einsatz –, während der alte Dang Song, Joes Mutter und einige andere Dorfbewohner mit verbitterter Miene dabei waren, ihre letzten Habseligkeiten auf einem alten Lastwagen zu verstauen, machte ihnen die ganze Brutalität der Lage deutlich. Die Skrupellosigkeit und Raffgier eines einzelnen Gauners konnte den Untergang eines ganzen Dorfes bedeuten. Aber den Zahn würden sie ihm ziehen!

Von Weitem sahen die Freunde, wie Dang Song und Joes Mutter auf Mr Haynes einredeten. Offenbar versuchten sie ein letztes Mal, ihn zur Einsicht zu bringen, doch Haynes rieb sich schon mit eisenharter Miene die Hände.

Als Joe beobachtete, wie die Dorfbewohner anfingen zu weinen und zu schluchzen und versuchten, sich gegenseitig zu trösten, wäre sie am liebsten direkt hinübergerannt.

Aber sie mussten einen klaren Kopf bewahren, durften nichts überstürzen. Anschleichen war angesagt. Was sie brauchten, war ein perfektes Timing!

Und im selben Moment, als Haynes mit einem süffisanten »Tschüss, Dorf der Hanami!« die Finger knacken ließ und den Zündschlüssel drehen wollte, schlich Timmy plötzlich herbei. Er hatte sich die ganze Zeit in der Limousine von Mr Haynes versteckt!

Jetzt sprang er mit einem Satz in das Führerhaus und knurrte Mr Haynes mit gefletschten Zähnen böse an.

Ruckartig drehte Mr Haynes sich um und erhob

sich vom Fahrersitz. »Hau ab, du… Verschwinde!« Mit wilden Armbewegungen versuchte er, Timmy zu verscheuchen. Doch dann verlor er das Gleichgewicht, fiel aus dem Bagger und landete unter den belustigten Blicken der Freunde und der Dorfbewohner unsanft im Matsch.

Mühsam rappelte er sich auf. Sein weißer Anzug war vollkommen verdreckt.

Na, dachte George, was ist das für ein Gefühl, wie ein Wurm auf dem Boden zu liegen, während einem die anderen auf den Kopf spucken können.

»Haltet ihn, Haynes ist ein Verbrecher!«, rief Joe, als sie mit den Freunden angerannt kam.

Doch die Bewohner des Dorfes hatten sich noch nicht aus ihrer Schockstarre gelöst. Haynes ergriff die Flucht.

Sofort hefteten sich ihm die Kinder an die Fersen, doch als Haynes gerade über den schräg gewachsenen Stamm einer Palme springen wollte, verharrte er plötzlich mitten in der Bewegung.

Die Kinder machten eine Vollbremsung. Das kam ihnen doch verdammt bekannt vor!

Doch Joe hob unschuldig die Hände. »Diesmal war ich's nicht!«

Verwundert drehten sie sich um.

Da stand der alte Dang Song und wog mit Unschuldsmiene ein Blasrohr in der Hand!

»Ganz schön cool!«, rief Julian.

Dick zwinkerte Joe verschmitzt zu. »Liegt wohl in der Familie.«

»Wir haben es geschafft!«, verkündete Joe glücklich strahlend. Dann fiel sie ihrer Mutter um den Hals.

Und da kam auch schon mit Blaulicht ein weißer Polizei-Pick-up angerast und bremste scharf ab. Auf dem Beifahrersitz erkannten die Freunde Onkel Quentin.

Der Vorarbeiter nahm dies zum Anlass, seine Arbeiter davonzuscheuchen und selbst Reißaus zu nehmen, während die Dorfkinder mit dem gelähmten Mr Haynes ihre Mätzchen machten und sich diebisch freuten.

»Rache ist Bratwurst!«, zitierte Julian den verrückten Kakadu und brach in schallendes Gelächter aus.

Das war der Moment, als sich die Dorfbewohner aus ihrer Schockstarre lösten und laut applaudierten. Ihr befreites Lachen hallte weit durch die Bucht.

Das musste gefeiert werden! Spät am Abend war das Dorf geschmückt und überall leuchteten bunte Lampions.

Die Freunde und Onkel Quentin saßen zusammen mit Joe am Tisch von Dang Song und löffelten gierig ihre Suppe. Nach solch einem Abenteuer war man hungrig!

Die Suppe schmeckte fremd und würzig und sehr lecker.

Dang Song beugte sich über den Tisch und wandte

sich an Onkel Quentin. »Sie können wirklich sehr stolz sein auf die Kinder.«

Onkel Quentin nickte gerührt. »Ja. Allerdings. Ein normaler Urlaub ist bei uns einfach nicht möglich.«

Anne zog die Schultern hoch und ließ sie dann mit einem tiefen Seufzer sinken. »Wäre ja sonst auch zu langweilig.«

Die anderen sahen sie erstaunt an. Diese Worte aus Annes Mund? Das sorgte für allgemeines Gelächter.

George blickte dankbar zu Timmy, der neben ihnen auf dem Boden lag und auf einem Knochen herumkaute, den er sich wirklich verdient hatte. Ohne ihn wäre das Abenteuer ganz anders ausgegangen. Ohne Timmy würde Julian jetzt nicht hier bei uns am Tisch sitzen, dachte George und musste schlucken, als ihr das bewusst wurde.

Aber dann holte sie tief Luft. Julian war ja hier. Und jetzt wurde gefeiert!

Aber noch jemand saß bei ihnen am Tisch.

»Super-Hugo! Super-Hugo!«, krächzte eine heisere Stimme von einem Bambusregal herab.

»Und du willst Hugo wirklich behalten?«, fragte Julian Joe.

Joe schaute belustigt zu dem Kakadu hinauf. »Irgendwer muss sich ja um den verrückten Vogel kümmern. Schließlich hat er uns am Ende doch geholfen.«

Anne lehnte sich zurück und rieb sich den Bauch. »War das lecker! Sag mal, was war das eigentlich genau für eine Suppe?«

»Hub talo nennen wir die«, sagte Joe, als sei damit alles erklärt.

Julian, Dick, George und Anne starrten Joe erwartungsvoll an. Da kam doch wohl noch eine Erklärung nach?

»Das ist ein Eintopf mit pürierten Schlangenaugen«, sagte Joe leichthin.

Anne spürte einen Würgereiz und fasste sich reflexartig an den Hals. Dick, der gerade die Hand nach der Suppenkelle ausgestreckt hatte, um sich einen Nachschlag zu gönnen, hielt mitten in der Bewegung inne.

Joe grinste diebisch über das ganze Gesicht. »Das war ein Scherz! Was denkt ihr denn, was wir essen? Das ist eine ganz normale Fischsuppe.«

Erleichtert nahm Anne die Hand herunter und Dick griff beherzt nach der Kelle und schöpfte sich lachend Suppe in die Schale.

Als er sie leer gelöffelt hatte, forderte Joe die Freunde auf, mit ihr zu kommen.

Sie liefen hinunter zu dem kleinen Fischerhafen und schauten in den dunkelblauen Himmel, an dem die ersten Sterne zu funkeln begannen. Die blaue Stunde, dachte Dick, denn noch tauchte das allerletzte Licht der untergehenden Sonne den Horizont in leuchtend blaue und rosa Farben.

Joe holte einen Khoom Loy hervor. Sie zündete die kleine Flamme an und ließ den Papierballon steigen. »Der ist für euch«, sagte sie leise und bedächtig.

Lange sahen sie ihm nach, wie er immer weiter in den Himmel stieg.

»Danke für alles«, sagte Joe, ohne die anderen anzusehen.

»Ach was. Wofür?«, plapperte Dick drauflos. Der besinnliche Moment war damit definitiv zu Ende. »Das war doch ein tolles Abenteuer! Oder? Also mir hat das total viel Spaß gemacht. Ich meine, natürlich nicht nur Spaß … Das war irgendwie … Also, ich fand's super.«

Doch bevor Dick weiterschnattern konnte, nahm Joe seinen Kopf in beide Hände und gab ihm einen Kuss auf die Wange. Als wollte er ein Insekt fangen, legte Dick hastig seine Hand auf die Stelle und wurde rot.

»Danke!«, flüsterte Joe.

»Au Backe«, wisperte Anne Julian und George zu. »Jetzt wäscht der sich bestimmt nie mehr!«

Die beiden zuckten die Schultern, und George sagte: »Dann bleibt ja alles beim Alten.«

Wie Kribbelwasser stieg ihnen das Lachen in den Hälsen hoch. Nur Dick, der nicht wusste, worum es ging, blieb ernst, bis sein Bruder ihm den Arm um die Schultern legte. Dann lachte auch er.

Plötzlich fühlten sie sich leicht und frei und blickten dem Khoom Loy hinterher, der sich schließlich als kleines Licht in die Reihe der Sterne einzufügen schien.

ERLEBE DIE FÜNF FREUNDE IN IHREN VIER GROSSEN ABENTEUERN!
FÜNF FREUNDE 4
AB 03. SEPTEMBER 2015 AUF DVD, BLU-RAY & ALS VIDEO ON DEMAND!
Constantin Film
SAMJIII
/5FREUNDE
www.fuenf-freunde.com
ALIASENTERTAINMENT

Das ORIGINAL-HÖRSPIEL zum Kinofilm
FÜNF FREUNDE 4
FÜNF FREUNDE 4
DAS HÖRSPIEL
Das Original zum Kinofilm
EUROPA
© 2014 SamFilm GmbH / Constantin Film Produktion GmbH / Lizenz durch Atlas Entertainment ©
2014 Hodder and Stoughton Ltd · Fotos: Bernd Spauke · Artwork: Constantin Film Verleih GmbH
Gestaltung: KB&B - The Kids Group
Viele weitere spannende Abenteuer gibt es
im Handel oder unter www.fuenf-freunde.de!
EUROPA